내가 좋아하는 사람도
나를 좋아했으면

내가 좋아하는 사람도
나를 좋아했으면

글·우연양

그림·유지별이

사랑에 서툰 사람들을 위한
연애 심리 에세이

서사원

오늘도 사랑 때문에 기뻐하고,

때론 슬퍼하는 우리를 위해

당신이 받은 사랑은 얼마나 될까요

사랑이라는 감정은 사람을 행복하게 만듭니다. 그리고 괴롭게 만들기도 합니다.

사랑이라는 감정은 수많은 연결고리를 만듭니다. 사랑으로 가족을 만들고 인연을 만들고 신뢰를 만들고 유대감을 형성시킵니다.

하지만 그런 연결고리가 끊어지고 부서지는 순간, 행복했던 만큼 고통도 따르게 됩니다. 이렇게 괴롭게 만들 거면 사랑이라는 게 가치가 있는 걸까 싶을 정도로 말이죠.

한편으로는 그렇게 입은 상처 또한 사랑으로 낫곤 합니다. 그렇기에 사람들은 사랑을 찾고 타인의 사랑 이야기라도 공감하며 기뻐하기도 하고 눈물을 흘리기도 합니다.

당신이 이 책을 선택할 때까지, 얼마나 많은 사랑을 받았을까요?

뚜렷하게 책정할 수 없는 건, 사랑을 받지 못해서가 아니라 애초에 가늠할 수 없는 형태의 것을 가졌기 때문입니다.

가끔 그런 생각을 하곤 합니다. '내가 태어났을 때, 과연 우리 부모님은 어떤 감정을 느끼고, 어떤 얼굴을 하고 있었을까?' 하면서 말이죠. 너무 기쁜 나머지 눈물을 흘렸을지, 행복에 겨워 어쩔 줄 몰라 했을지.

확실한 건, 어머니 뱃속에 있을 때부터 사랑받고 있었다는 것입니다. 그렇게 받아왔기 때문에 계속 사랑받고 싶어 하고, 또 누군가에게 주고 싶어 한다고 느낍니다. 당연한 본능처럼 말이죠. 분명 그만큼 많은 사랑을 받았을 겁니다.

그건 그 누구도 다르지 않습니다. 그렇기에 사랑하고 싶고, 사랑받고 싶고, 서로 똑같은 마음이길 바랄 것입니다. 그런 마음으로 사랑을 하고, 사랑을 하고 싶은 사람들의 마음 이야기를 이 책에 담았습니다.

글 속 사람들의 이야기를 읽으며 그들이 무엇을 얻고 잃었는지 찾아주세요. 그건 당신의 이야기였을 수도 있고, 당신의 이야기가 될 수도 있으니까요. 그리고 그 이야기를 통해서 내가 어떤 사랑을 바라왔는지, 얼마나 많은 사랑을 받아왔는지 되새겨보는 계기가 되길 바랍니다.

우연양 드림

차례

가슴 아프지만
오늘도 사랑하는 사람들에게

좋아하는 사람에게
빨리 고백해야 하는 이유

사람이, 누군가에게 반하는 이유는 아주 간단하다. 그 사람은 나를 설레게 하기 때문이다.

그 과정은 보수적일 수도 있고, 다소 사소한 계기로 이뤄질 수도 있다. 그저 외모에 반해서일 수도 있고, 오랜 시간 그 사람과 만나는 게 즐거워서일 수도 있다. 그런 사람과 함께함으로써 평범했던 모든 것들이 특별하게 바뀌어버린다.

평소와 다름없이 씻고 머리를 말리고 화장을 한다. 출근 전의 이 과정들이 얼마나 귀찮은지, 머리만 감고 말려서 끝낸다는 남자들이 부러울 때가 정말 많았다. 이쯤 되면 긴 머리카락도 단발로 싹둑 잘라낼까 하는 생각도 들지만, 분명 그건 그것대로 나중에 후회할 것 같았다.

그렇게 여전히 똑같은 마음으로 정리를 한 뒤, 거실로 나와 주방에 있는 엄마를 보고 밥상 쪽으로 시선을 돌렸다.

"엄마, 오늘 나 생일인 거 알아?"

"미안, 아침부터 좀 바빠서 준비 못 했어. 저녁에 먹자."

그러면서 바나나 주스는 오늘도 잘 준비해주셨다. 이런 건 별로 손이 많이 가는 작업은 아닌지 곱씹어 보았다.

딱히 생일날에 미역국을 챙겨 받지 못해서 기분이 상하거나 하진 않았다. 나이가 들수록 그런 거에 그다지 미련이 생기지도 않았고, 생일이라고 해서 뭔가 특별한 걸 바라는 것도 아니었다. 물론 생일을 핑계로 선물을 받거나, 친구랑 어울리거나, 재미있는 시간을 보낼 수 있으면 좋겠지만, 그것도 바쁘게 지내다 보면 잘 챙길 수도 없었다.

분명 나는 일상의 지루함을 느끼거나 지쳤던 걸지도 모르겠다. 늘 똑같은 일상에 특별함 하나 없다 보니, 지루한 영화를 계속 보는 듯한 느낌이 들었다. 하루하루가 춘곤증에 시달리는 나날 같았다.

"야, 너 오늘 생일 아니야?"

점심시간이 지나서, 근무를 시작하려는 중에 한 선배가 그렇게 말했다.

"어? 어떻게 알아요?"

"어떻게는 무슨, 보란 듯이 적혀 있던데."

그는 메신저 프로필의 생일 알람 서비스 때문에 알게 되었다고 말했다.

"그리고 저번에 6월 22일이 생일이라고 네가 말했잖아."

"그게 언제인데 기억해요? 프로필 때문이면서 아는 척하기는."

"아는 척이 아니지. 신경 써주는 거지"

생일이 그날이라고 말한 적이 있긴 했지만, 그 말을 했던 것을 기억하는 것을 보면 정말 기억하고 있었던 건가 싶었다.

"미역국은? 먹었고?"

"아뇨."

그리고 나는 엄마와의 일을 말해 주었다.

"아침에 바쁘셨나 보네."

"안 먹어도 괜찮은데. 그거 먹는다고 뭐 달라지나."

"서운한 티 팍팍 내고 있으면서. 저녁이라도 같이 먹을래?"

잠시 생각했다.

순간 엄마가 저녁에 미역국 준비해준다는 말이 생각났지만, 그것보다는 역시 생일 핑계로 이런 시간을 보내는 게 그리웠다.

나는 바로 고개를 끄덕였다.

"그럼, 나중에 톡 해." 하고, 그는 멀어지면서 전화기 모양의 손짓을 했다.

"나중에 봐요."

손을 흔들면서 그를 보냈다.

그 사람은 처음 입사할 때 같은 부서에 있었다. 바로 한 기수 위 선배여서 그랬는지 적응이 필요했던 나를 잘 챙겨주었다. 그 과정에서 친해졌지만, 그는 곧 다른 부서로 이동하게 되었다. 그래도 여전히 이렇게 자주 마주치곤 하지만, 퇴근 이후 따로 시간을 보내는 경우는 그리 많지 않았다.

"뭐 먹을까?"

"뭐예요. 지금. 20분이나 늦고."

"잠깐 뭐 좀 산다고."

그러면서 그는 무언가를 꺼내 들었다. 설마 내 선물인가 싶었지만, 편의점 봉투인 걸 확인하고 바로 기대를 접었다.

"오늘은 중식을 좀 먹고 싶은데요."

"그거 말고 내가 알아본 데로 갈까?"

"그럴 거면 뭐 먹을지 왜 물어봐요."

"그냥 한번 물어봤어."

약 올리는 건지, 나는 결국 그의 말대로 따랐고, 도착한 곳은 조용한 한식당이었다. 살짝 은은한 분위기를 내는 곳이라 고급스럽게 느껴지기도 했다.

자리에 앉아 음식을 주문했다. 그런데 그는 갑자기 자리에서 일어나 방금 주문받은 사람을 뒤따라갔다. 그 모습을 지켜봤는데, 그는 아까 챙기고 있던 무언가를 주방에서 건네고 있었다.

그리고 자리에 돌아온 그에게 물었다.

"뭐 하고 온 거예요?"

"아무리 찾아봐도 미역국을 파는 곳이 없어서."

"미역국? 왜?"

"너 먹이려고. 여기 주방에 친한 친구가 있거든. 그래서 좀 부탁을 했어."

그는 가지고 온 밀폐용기에 편의점에서 산 마른미역을 물에 불려 놓고 있었고, 그것을 친구에게 넘겨준 모양이었다. 미역국을 바로 끓여줄 수 있도록.

"그냥 미역국 사 먹으면 그만인데. 뭐 하러."

나는 뭔가 당황스러웠다. 뭐 하러 이런 일을 하는 건지 잘 이해하지 못했다.

"그냥 뭐. 그렇게 해줘야겠다고 생각한 거지. 그렇다고 요리 못 하는 내가 직접 하기도 그렇고."

그는 하얀 이를 보이면서 웃었다. 뭔가 신기하기도 했다. 나를 이렇게나 신경 써주는 사람이 있을 수 있구나 하는 생각에.

식사와 함께 나온 미역국은 좀 특이했다. 내가 알고 있는 기본적인 미역국과는 다른, 아주 이질적인 향과 맛이 배어 있었다. 그렇다고 더 맛있게 느껴지는 것도 아니었는데, 뭔가 또 익숙한 맛이라 더 묘한 기분이 들었다.

걱정스러워 우리를 지켜본 것인지, 주방에서 부탁을 받은 선배의 친구는 먼저 우리 쪽으로 다가와서 미역국에 대해 이러쿵저러쿵 설명해주었다.

"소고기를 넣어주고 싶었는데, 마침 불고기 만들려고 다 재워버려서, 양념 다 빼고 넣으면 괜찮지 않을까 했는데…. 그래서 미역국이 이렇게 됐어."

그랬다. 이제야 알 수 있었다. 불고기 맛이 나는 미역국이었다.

"이게 뭐야."

나는 그렇게 한입을 먹은 후, 너무 웃겨서 입을 가리고 킥킥거렸다. 맛도 맛이지만, 이 상황 자체가 ….

뭔가 행복한 느낌이었다.

"맛은 있는 거야. 아니야?"

"맛있어요. 정말로."

나름의 감동이었다.

나는 내가 미소를 짓고 있는지도 모른 채 미역국 한 숟가락을 계속 떠먹으면서 그를 바라봤다. 내 생에 이토록 재미있고 행복한 미역국은 처음이었다.

그날 늦은 밤. 집으로 돌아왔을 땐, 엄마가 해주겠다는 미역국은 없었다. 그래서인지 선배가 해준 이벤트는 잠자기 전까지, 잠을 자고 나서도 계속 생각이 났다. 그 기분이 계속 이어져서인지 어제까지도 나오지 않던 콧노래가 연신 입가에서 맴돌았다.

그리고 두 달이 지났다. 여전히 그 선배와 친하게 지냈고, 마치 학교에서 옆 반으로 놀러 가고 싶어서 매번 쉬는 시간을 기다리는 것마냥, 그를 찾곤 했다.

그런 이벤트가 있었다고, 우리 사이가 크게 변한 건 없었다. 하지만 내년 내 생일에 그가 또 옆에 있다면, 그땐 어떤 일이 일어날지 혼자 상상하곤 했다. 그가 나보다 생일이 늦었다면 나도 무언가를 해줬을 텐데, 이미 지나가버린 것이 안타까웠다.

그리고 석 달째가 지나가려고 할 즈음. 몇 년 만에 제주도에서 올라온 친구와의 약속 때문에 월차를 쓰고 휴가를 즐기고 있었다.

"너 결혼할 때 안 됐어?"

그 친구는 그렇게 말했다.

"나? 네 얘기 아니고?"

서로 20대 후반이 되니 결혼에 대한 생각이 들기도 하지만, 그 이전에 남자 친구도 없는데 무슨 소리를 하는 건가 싶었다.

"남자 친구는 없고?" 나는 물었다.

"제주도에 그렇게 사람이 많지 않아서. 괜찮은 사람이다 싶으면 다 놀러 온 사람들이더라."

"그럼 그냥 장거리 연애로라도 시작해 봐."

"예전엔 몰랐는데, 이젠 진짜 그렇게 해서라도 연애를 하고 싶다는 생각이 든다. 진짜."

'외롭나 보네.'

커피를 홀짝이면서 그렇게 생각했다.

뭐 그건 나도 마찬가지였다. 남자 친구가 있으면 좋겠다고 했지만, 다른 누군가를 옆에 두고 싶다는 생각은 하지 않고 있었다. 그리고 막상 생각해보니 그 사람의 얼굴이 떠오르곤 했다.

'음… 사실 나를 좋아하는 게 아닐까 하는 생각을 했었는데.'

그럼에도 아무런 변화가 없었던 거로 봐선, 커플이 될 인연은 아닌가 싶었다.

'음음. 그래. 웃음거리가 됐을 거야, 그러면.'

내가 먼저 고백하는 장면을 상상했다가 괜히 쑥스러워졌다.

"그럼 다시 제주도로 내려가?"

"결국엔 그럴 것 같긴 한데. 이번엔 일 때문에 온 거라 좀 오래 있을 것 같아. 그러니까…."

친구가 말을 하던 도중, 다른 한쪽 자리에 낯익은 얼굴이 자리에 앉았다. 그 사람도 나와 눈이 마주치자 살짝 놀랐는지 어정쩡하게 손인사를 했다.

"뭐야? 누구야?"

내가 누군가와 인사하는 것을 보고, 친구는 두리번거렸다. 나는 그가 내 선배인 것을 설명했고, 그저 인사한 것뿐이라고 말했다. 그는 잠시 회사 밖으로 나와서 거래처 사람을 만나는 것처럼 보였다.

그렇게 그는 자기 일에 집중하기 시작했고, 내가 아무리 시선을 보내도 그의 시선은 되돌아오지 않았다.

그런데 유난히 이 친구가 그를 계속 쳐다봤다.

"야, 너 뭐해? 다른 데로 안 가?"

"야, 저 사람, 그냥 선배야?"

"어? 어, 뭐, 그럼 무슨 선배겠어."

"그래? 그럼 나 소개해줄래?"

순간 어떻게 대답해야 할지 고민했다. 그래서 되물었다.

"뭐? 뭐라고?"

"나 소개시켜달라고."

그 순간, 나는 괜히 이 친구를 경계하기 시작했다. 애초에 그에게

내가 좋아하는 사람을

다른 사람에게 뺏긴다는 걸 상상하니,

정말 바보 같은 일이 따로 없었다.

그러니 말해야 했다.

빨리 그 사람에게

좋아한다고

다른 사람에게 가지 않도록

다른 사람에게 뺏기지 않도록

내 사람이 될 수 있도록

여자 친구가 있는지 없는지 묻지도 않은 채 소개시켜달라는 것부터 마음에 들지 않았고, 언제 봤다고 그렇게 관심을 갖는 건지 계속 쳐다보기나 하고. 분명히 그도 시선이 느껴질 텐데, 뭔가 불편했다.

"저 사람, 여자 친구 있는 거야?"

"… 아마 없을 걸."

"그럼 물어 봐. 소개시켜준다고."

그리고 자기 자신을 가리켰다.

아마 이날, 나는 친구에게 내 마음을 들켜버린 것 같다. 그 순간만큼은 어째, 나답지 않게 솔직해졌다.

"아니. 싫어."

평소와 같지 않은 날이 있다고 한들, 그로 인해 변화가 있다고 한들, 익숙함이라는 건 정말 사람을 방심하게 만든다.

나는, 그가 나를 좋아할지도 모른다고 생각했다. 그는 여자 친구도 만들지 않고 있었고, 그렇게 나를 신경 써준다는 점에서 나에게 특별한 감정이 있는 게 아닐까 기대했다.

하지만 역시, 그건 기대일 뿐이었다.

그런 감정과 일상이 계속되면서, 그저 알아서 변화가 찾아오길 기다렸다. 그 끝이 언제가 될지도 생각하지 않았다. 그리고 그의 옆자리를 다른 사람이 차지할 수 있다는 것도.

근데 그럴 수도 있겠다라는 생각이 들었다. 그건 좀 참기가 어려웠다. 버티고 싶지도 않았다. 그리고 불안했다.

이젠 마냥 가만히 있을 수 없다. 그를 다른 여자에게 뺏기고 싶지 않았다. 그런 소유욕까지 생겼다. 내 마음을 표현하지 않아서, 내가 좋아하는 사람을 다른 사람에게 뺏긴다는 걸 상상하니, 정말 바보 같은 일이 따로 없었다. 그러니 말해야 했다.

빨리 그 사람에게 좋아한다고.
다른 사람에게 가지 않도록.
다른 사람에게 뺏기지 않도록.
내 사람이 될 수 있도록.
내 마음을 전해야겠다고 마음먹었다.

그 날은 유난히 밤이 길었다.

내가 괜찮은 사람이라고
느끼는 순간

내가 면접관이 되었을 때, 면접자에게 그런 말을 했다.

"자신의 장점을 말해줄 수 있어요?"

그런 질문을 하는 이유는, 자신에 대해서 얼마나 알고 있는지 확인하려는 것도 있지만, 스스로에게 얼마나 자신 있는지 들어보고 싶은 마음이 더 컸다.

스스로 장점을 이야기하는 게 부끄러울 수도 있고, 그 이전에 자신의 장점이 무엇인지 잘 모르는 사람도 있다. 또한 생각이 너무 많은 사람은 자신의 장점을 말했다가 상대방이 자만한다고 오해할까 싶어서 쉽게 말하지 못하고 고민하는 경우도 있다.

하지만 자신의 단점까지 솔직하게 말하면서 수줍어하는, 그런 사람을 보면 칭찬하고 싶어진다.

단점은 얼마든지 보완할 수 있다. 자신의 단점을 부끄러워하거나 겁먹지 않고 솔직하게 말한다는 것은 그 점을 스스로 인정하는 것이고, 그런 자신감을 가질수록 더 괜찮은 사람이 된다고 생각한다.

*

간호사로 산다는 건 정말 힘든 일이다. 악명 높은 3교대. 24시간을 3등분으로 나누어, 총 세 팀이 교대하며 하루의 일과를 돌리는 시스템.

아침, 낮, 새벽.

세 가지 파트 타임에서 한 시간대만 일하는 것도 아니다. 교대로 시간대는 계속 바뀌고, 또 어떤 때는 원치 않게 땜빵으로 들어가 안 그래도 엉망인 신체 리듬은 더 엉망이 되기 일쑤다.

나이 들수록 망가진 체력은 더디게 회복되고 피로만 켜켜이 쌓여 갔다. 저녁에 퇴근하다가 아침에 퇴근하는 날도 많다 보니, 대체 내 삶이 어떻게 흘러가고 있는지 스스로도 잘 알아차리지 못했다.

한 병원의 간호사이기 전에 나도 한 사람이었다. 통장에는 일이 힘든 만큼 월급이 충분히 들어오지만, 그것 또한 스쳐 지나갔다. 결코 내가 원하는 곳에 쓰거나 투자를 하는 것도 아니었다. 부모님이 마저 갚지 못했던 빚을 계속 갚아 나가야 했고, 서른이 넘어서도 나를 위한 저축은 거의 없었다.

그래서 계속 일을 할 수밖에 없었다. 하루하루 너무 괴롭고 힘들었지만 일을 그만둘 수 없었다. 돈을 벌긴 했지만, 막상 내가 쓸 수 있는 돈은 거의 없어서 또 계속 돈을 벌기 위해 일을 해야 했다. 일 속에 파묻힌 나의 삶에 행복한 추억 같은 것은 조금도 쌓이지 않았다.

'결혼이나 할 수 있을까?'

누구와도 만나지 않았고, 그저 병원 일에만 매달렸다. 그 외에는 가끔 집에서 쉬든가, 그도 아니면 숙소에서 쉬는 게 전부였다. 미래를 생각하면 아무리 수입이 좋다고 한들, 빚을 다 갚는다고 한들, 행복할 게 전혀 없으니 우울증에 걸릴 것만 같았다.

무엇보다 직업상의 문제도 컸다. 암환자를 전문적으로 치료하는 큰 병원이다 보니, 환자 분이 생을 마감하는 경우를 자주 보게 되었다. 그런 모습을 자주 보는 건, 적응하든 하지 않든 심적으로 울적해질 수밖에 없었다.

그래도 누구든 만나봐야 내 인생에 새로운 변화를 가져올 수 있지 않을까 하는 생각이 들었다. 더 이상 우울한 일만 가득한 게 싫었다. 하지만 소개받은 사람도 역시, 행복함보다는 우울함을 더 가져다줄 것만 같았다.

내가 지내는 곳은 일산인데, 그 사람이 지내는 곳은 거제도였다. 소개받은 이성과 연애를 한다면…, 시작부터 장거리 연애라니….

그는 거제도에서 직장에 다니고 있었고, 본가는 부산이었다. 나 또한 부산과도 인연은 있었지만, 서울과 일산 말고는 다른 지역에 갈 일이 별로 없었다.

그런 어려움을 이겨낼 수 있을까 싶었지만, 그 사람은 매주 혹은 격주로 주말마다 나를 만나러 와주었다. 대체 몇 킬로미터나 될까? 돌아가는 길까지 계산한다면…. 그 사람이 나를 만나러 와주는 것이 무척 고마웠고, 점점 주말이 기다려졌다.

그렇게 처음부터 시작한 장거리 연애의 큰 어려움이 있기에, 눈앞에 있을 때 사랑하고, 없을 땐 그리워하고, 다시 눈앞에 보이면 더 사랑하기로 마음먹었다. 물론 안 보이면 여러 가지 생각이 들 수도 있겠지만, 나는 그저 사랑하고 싶은 마음만으로 가득 찼다.

그런 마음 때문인지 처음 연애하는 것처럼 떨렸고, 마치 소녀가 된 기분이었다.

하지만 주변은 우리 두 사람을 좋지 않게 보는 경우가 많았다. 차라리 다른 사람을 찾아보는 게 낫다며, 말씀하시는 친척 어른들.

"도중에 멀어진 것도 아니고, 처음부터 장거리 연애라니."

그 사람을 만나고,

그 사람에게 안기는 순간,

내가 사랑받고 있다고 느끼는

그 순간이야말로,

나는 정말 괜찮은 사람이다'라고

느낄 수 있었다.

적어도 이 사람에게만큼은

"결혼을 생각하는 거라면 둘 중 하나가 직장을 포기해야 하는 건데, 그러기엔 아깝지 않니?"

"찾아보면 주변에 더 좋은 사람도 있을 텐데, 뭐 그리 어렵게 연애를 하냐."

20대에 연애만 할 나이도 아니고, 결혼을 생각할 나이라고 판단하는 어른들이었기에, 앞서 생각하면서 혀를 차는 분들이 많았다.

물론 어른들은 내가 좋은 조건의 상대를 만나기 바라면서 하는 말씀들이겠지만, 나를 보고 싶어서 달려오는 사람만큼 나에게 좋은 사람은 따로 없었다. 나를 만나려고, 수백 킬로미터를 매번 달려온다니. 그에게서 나를 좋아하는 마음이 진심으로 느껴졌다.

그렇게 달려온 그 사람을 만나고, 그 사람에게 안기는 그 순간, 내가 사랑받고 있다고 느끼는 그 순간이야말로. '나는 정말 괜찮은 사람이다'라고 느낄 수 있었다. 적어도 이 사람에게만큼은.

사랑이 특별한 것인지, 사랑이란 게 이렇게 특별함을 느끼게 만드는 건지, 처음으로 이게 '사랑'이라고 느낀 만큼 어느 쪽이 진짜인지는 알 수 없었지만, 그런 건 사실 중요하지 않았다.

*

결국, 간호사였던 그녀는 직장을 포기하고 결혼을 한 후 거제도에 내려와 살고 있다. 아들 딸 하나씩 낳으면서. 그녀는 바로 나의 누나였다. 매형이 된 사람은, 누나의 '첫 남자', '첫사랑'이라고 했다. 매일 만날 수 없었기에 서로를 알아가고, 연애하는 기간이 2년이나 걸렸다. 결혼식 당일, 임신 사실도 함께 알게 되었다.
나는 그런 질문을 했다. 왜 2년씩이나 걸렸냐고.

누나는,
자신이 정말 사랑받고 있다는 느낌을 더 오래오래 느끼고 싶어서라고 답했다. 그만큼 행복하기도 했고, 매형에 대해 알아가면서 자신이 어떤 사람인지 더 잘 알 수 있었는데, 그 점이 삶의 새로운 활력이 되었다고 했다. 그건 자신에 대한 믿음을 회복하는 기간이기도 했고, 한 사람의 아내이자 엄마가 될 수 있다는 확신을 갖게 했다고도 말했다.

매형은,
누나와는 조금 다른 사정이 있었다. 누나보다 더 나이가 많고, 40대를 바라보는 시기였던 만큼, 멀리 있는 누나만 바라볼 수는 없었다고 했다. 주말마다 누나를 만나러 올라왔지만, 그러지 못했을 때는 따로 맞선을 본 적도 있다고 했다.
"누나한테 말하면 안 된다. 진짜. 진짜로 모르는 일이니까."

매형이 꼭꼭 숨겨두었던 비밀이 술김에 그렇게 나와버렸다.

그 당시 매형은, 매형으로 인해 온전히 행복했던 누나만큼 완전하게 누나에게 의지하지 못했다. 체력적으로 피곤하기도 했고, 누나의 주변 어른들처럼, 매형의 주변 어른들 또한 두 사람의 연애를 마땅치 않게 여겼다. 그래서 억지로 맞선 자리에 나간 경우도 있었다. 그런 상황임에도 누나에게 모든 것을 바칠 수 있었던 이유는 따로 있었다.

"맞선은 아무래도, 서로 목적이 있는 자리다 보니까, 속내가 어느정도 보이잖아. 물론 그 한순간에 그 사람에 대해 다 알 수는 없지만, 그런 사람들을 마주하다 보니까, 그 점은 분명히 알겠더라. 누나가 얼마나 순수한지. 그리고…."

매형은 잠시 허공에 그 당시 누나의 모습을 그려보는 것 같았다.

"왠지 그걸 느끼게 된 순간, 당연히 미안한 마음도 있었지만, 내가정말 사랑하는 마음을 주면 그대로 나에게 돌아오는 기분이, 그제야 확신이 들었어. 내가 이 사람에게 얼마나 많이 사랑받을지."

매형은 그게 소설 같은 이야기일 수도 있고, 누나가 실망하는 일이 생길 수도 있겠지만, 그런 확신이 들었다고 했다. 결혼식에서 맹세하는 것처럼 평생 사랑할 수 있겠다는. 더불어 든든함이 마음 한구석에 가득찼다고 한다.

나이 차이는
정말 숫자에 불과할까

TV를 볼 때면, 가끔 MC가 게스트에게 이렇게 질문하는 것을 여러 차례 본 적이 있다.

"결혼 또는 연애를 한다면 애인 나이가 몇 살 차이까지 가능해요?"

"전 나이에 연연해 하지 않아요. 좋아한다면 나이가 무슨 상관일까요."

그래, 좋아한다면 나이든 뭐든 상관없다고 생각할 수도 있겠지만, 그건 어디까지나 '좋아한다면'이다.

이미 좋아해버린 시점의 기준은, 있어야 할 장애물을 처리한 이후다. 좋아한다면 그 사람의 나이 따윈 상관없을지 모르겠지만, 좋아한다는 단계까지 넘어가는 데에 '나이 차이'는 충분한 장애물이다.

*

처음 그녀를 마주했을 때, 그녀가 그렇게 인상에 남았던 것은 아니었다. 하지만 그녀와 조금씩 대화도 해보고, 장난도 쳐보고, 웃다 보니 자연스럽게 여러 가지를 알게 되었다.

그러다 보니 그녀가 어떤 눈을 하고, 어떤 웃음을 짓고, 어떤 목소리를 내는지 보고 듣고 하면서 머릿속에 새기기 시작했다.

원래 내 이상형은 키가 작고 아담한 스타일이었다. 하지만 그녀는 키가 170이 넘는 날씬한 모델 스타일이었다. 치마보다는 각선미가 잘 드러나는 청바지를 입었고, 특히 발목이 보이도록 내려오는 슬랙스가 너무나도 잘 어울렸다.

하늘하늘한 원피스보다는 재킷을 주로 걸쳤고, 아름답다는 말보다 멋지다는 말이 더 어울리는 여성이었다.

그녀를 좋아한다고 느낄 때는, 이상형 따위는 그저 망상에 지나지 않는다고 생각했다.

하지만 그녀에게 다가가기 어려운 점이 있었다. 그녀는 곧 4학년이 되는 대학생이었고, 나보다 6살이나 어렸다.

"그 정도가 뭐 대단한 나이 차이냐"라고, 별로 차이나지 않는다고 생각할 수 있겠지만, 그건 어디까지나 나보다 나이 많은 사람들의 기준이었다. 20대 사이에서는 다섯 살, 여섯 살 나이 차이가 그리 작지 않다.

예를 들면 22살과 28살의 차이와 32살과 38살 차이의 느낌은 확실히 다르다. 나는 자리를 잡기 위해서 직장생활을 하는 도중이었고, 그녀는 아직 자신보다 어리거나 또래 친구들과 어울리는 대학생이면서, 즐기고 싶은 것과 하고 싶은 것들이 많을 때였다.

나 또한 꿈 많은 대학생 시절이 있었고, 21살 동기가 26살 여성을 클럽에서 만났다는 말에 '나이가 많다'는 반응을 보인 적도 있었기에 스스로 겁부터 먹었다.

내가 나이 많은 여성과 만나게 된다면, 그녀가 결혼 적령기이기 때문에 결혼을 바라고 만나려는 건 아닐까 하는 부담감을 갖는 것처럼, 나보다 어린 여성이 반대로 그런 생각을 한다면, 역시 부담감을 느낄 수 있다고 생각했다. 나 혼자만의 생각에 불과할 수 있지만, 전혀 상관없는 이야기도 아니었다.

그래도 그녀를 향한 마음이 있었기에, 가끔은 귀갓길에 버스 정류장까지 데려다주곤 했다. 서로 연락처도 주고받지 않아서 전화번호라도 알고 싶었지만, 그게 참 말하기 어려웠다.

어느 날은 출근길에 햇빛이 너무 강해서 눈 위를 손등으로 가린 채 앞만 바라보며 걷고 있었다. 그러는 도중 누군가 어깨를 두드려서 옆을 살짝 돌아봤더니, 깔끔하고 멋진 세미 정장을 입은 여성이 서 있었다.

학생이 아닌 회사원 느낌이었다. 그녀의 바람에 날리는 긴 머리카락은 어깨를 조금 넘어 찰랑거리고 있었다. 길에서 우연히 만난 게 반가웠는지 그녀는 살포시 웃으면서 나에게 말했다.

"오빠, 어디 가요?"

나는 순간 당황해서 햇빛을 막는다는 핑계로 손바닥으로 눈을 가리고, 빼꼼 내미는 그녀의 얼굴을 바로 마주하지 못했다. 그리고 시선을 피하면서 중얼거리듯 말했다.

"오늘 예쁘게 입었네. 어디 놀러 가?"라고 말했지만, 여전히 시선 하나 똑바로 두지 못한 내 자신이 너무 바보 같아 속상했다. 정말이지 혼자 좋아한다는 것은 왜 이리 사람을 약자로, 바보로 만드는지. 너무 불공평하다는 생각과 답답함에 속에 응어리만 하나 더 쌓였다.

분명 처음부터 이런 감정이 든 건 아니었는데, 그녀에 대해 알고 싶다는 마음 자체 때문인지, 그녀 앞에서는 늘 약자가 되는 것 같았다. 그러면서 내가 그녀를 알아가는 만큼 그녀 또한 내가 어떤 사람인지 알아줬으면 하는 마음이 생기기도 했다. 그래서 가끔 이렇게 혼자서 중얼거리곤 했다.

'걔는 나에 대해 얼마나 알고 있으려나.'

그녀를 알게 된 계기는 함께 일을 하면서부터였다. 그녀는 파트 타임에만 일하러 오는 아르바이트생이었고, 나는 모든 인력을 관리하는 책임자였다. 매번 볼 수 있는 게 아니었기 때문에 더 보고 싶은 마음이 점점 더 커졌다. 그러다가 가끔 이야기라도 나누게 되면, 일은 뒷전으로 밀리곤 했다.

함께 집으로 돌아가는 길이 즐거워서 일부러 가던 길이 아닌 길로 빙 돌아가는 경우도 있었다. 헤어지기 전에 잠시라도 더 이야기를 나누고 싶어서 카페에 들렀다 가자고 제안하기도 했다. 최대한 자연스럽게.

그녀는 이제 곧 4학년이 되기에 학업에 대한 이야기를 주로 했고, 조금 더 친해질수록 과거의 이야기를 주고받기도 했다. 나는 그게 서로가 서로를 알고 싶어 하기에 가능한 대화라 생각하고, 기쁘게 내 이야기를 하고 그녀의 이야기도 들어주었다.

한 번은 그녀의 일상이 궁금해서 난생 처음으로 인스타그램과 페이스북 어플을 다운받기도 했다. 그녀가 어떻게 지내는지 알고 싶기도 했지만, 그 또래에 유행하는 것이나 좋아하는 것들이 궁금했기 때문이다.

하지만 그녀는 SNS를 전혀 하지 않았고, 카카오톡을 하는 게 전부였다. 그녀가 SNS를 즐기지 않는다는 점은 이상하게 안도보다는,

오히려 생각이 더 많아지게 했다. 한편으로는 스토킹하는 기분이 들어서 그만두기로 했다.

결국 그녀를 자연스럽게 만날 수 있는 곳은 직장뿐이었다. 만약 그녀가 아르바이트를 그만두게 된다면, 그런 만남조차도 끝이나 다름 없었다.

그렇다고 그녀에게 연락처를 묻는 것 또한 쉽지 않았다. 다른 아르바이트생들도 많은데 유독 그녀에게만 묻는다면, 그것 또한 괜한 시선을 받게 될 것 같아서 선뜻 휴대폰을 내밀 수 없었다.

아마 이렇게 또 혼자 좋아하다 말겠다는 직감이 들었다. 그저 평소처럼 지내면서, 평소처럼 이야기하고, 평소처럼 같이 일을 하고, 그러다가 어느 순간부터 얼굴도 목소리도 들을 수 없게 될 것 같았다.

무엇보다도 그녀가 또래의 다른 남자 아르바이트생들과 웃고 있는 모습을 보면서, 질투심을 숨기면서까지 그 사이에 끼어드는 건, 역시 아니다 싶었다.

'그래, 나보다 어리고 잘난 놈도 많을 텐데. 뭐 하러 나랑 어울리겠어.' 그런 모습을 지켜보면서, 나 스스로 괜히 나이 탓만 하게 될 것이고, 자존감만 낮아질 게 뻔했다.

"오빠, 그거 알아요?"

어느 날 아르바이트생들끼리 이야기를 나누던 그녀가 나에게 말을 걸어왔다.

"뭘?"

"다윤 언니, 남자 친구랑 결혼을 전제로 사귀고 있대요."

그녀가 말하는 다윤 언니는 24살이었고, 남자 친구는 네 살 차이인 28살이라고 했다.

"결혼을 전제로?"

"그래서 다윤 언니가 빨리 돈 벌어서, 결혼자금 모으려고 강사 되려고 한대요."

그녀가 말하는 다윤 언니는 하루에 12시간이나 아르바이트를 했는데, 그런 계획이 있었던 모양이었다.

"남자 친구가 일찍 사업을 시작했다가, 실패해서 다시 돈을 모으기 시작했대요. 언니 말로는 남자 친구가 그런 상황인데도, 그냥 단순히 연애만 하는 게 아니라 결혼을 목표로 사귀고 싶다고 했다지 뭐에요. 처음부터."

그런 식의 연애를 하는 사람도 있구나 싶었다.

"그래서 그렇게 돈을 벌려고 노력했구나."

이전에 돈 모으면 여행이라도 가는 게 어떠냐는 말에, 그녀는 "그러려고 돈 모으는 게 아닌데, 왜 여행을 가요?"라고 대답하곤 했는데, 그만큼 목표에 투철했던 것이었다.

"근데 갑자기 그런 얘기는 왜?"

"그냥요. 그냥, 둘 다 대단하고 신기하다 싶어서요. 특이하기도 하고, 그런 생각을 해본 적이 없다 보니까."

"나도 그 나이엔 결혼을 목표로 생각했던 적은 없었으니까. 사업까지 실패했다면서."

"그러니까요. 자기는 아무것도 없다고 생각했을 텐데, 다윤 언니한테 그런 고백을 하는 것 보면, 정말 혼자서 많이 좋아했다는 거잖아요. 그런 건 숨기는 것보다 말하는 게 더 어려운 거라고 생각하는데."

다윤의 남자 친구는 푸드트럭에 도전했으나 실패했다. 그건 다윤을 만나기 전의 이야기라고 했다.

시간을 투자하고 노력한 만큼, 힘들게 모은 돈을 잃는다는 것은 상당히 끔찍한 일이다. 나였으면 자존감이 바닥을 쳐서 무엇 하나 잘해낼 자신감이 없었을 것이다.

그런 상황에서 누군가에게 자신을 믿어달라고, 너를 좋아한다고, 자신을 받아달라고 고백한 것이다. 그런 생각을 하니 무언가가 명치 위쪽을 주먹으로 비틀어 박아대는 느낌이 들었다.

문득 이런 생각이 들었다. 지금 나이 차이 때문에 내 마음을 전하지 못하고 있는 거라면, 반대로 정말 나이 차이가 별로 나지 않는다면, 내 마음을 진즉 전할 수 있었을까?

아마 그렇지 않을 것이다. 그 반대의 경우에도 나는 그녀가 나를 받아주지 않을까 하는 걱정에 변명거리를 만들고 있었을 거라는 겁쟁이인 나 자신의 모습을 확신했다.

한편, 23살의 그녀를 너무 어리게만 본 게 아닐까 하는 생각도 들었다. 분명 어리긴 하지만, 나를 너무 과대평가하고, 그녀는 너무 과소평가한 게 아닌가 싶었다. 그녀는 어리고 나는 어른이니까, 내 마음을 이해하지 못하겠지, 이해 자체가 불가능하겠지라는 식으로. 나의 자존감은 물론 그녀의 자존감까지 내 멋대로 낮추고 있었다. 그제야 그녀를 아예 볼 수 없기 전에, 뭔가 말이라도 건네야겠다는 의지가 생기기 시작했다.

그렇게 그녀에게 고백하기로 결심한 날은 매우 추운 날이었다. 타코야끼 포장마차 앞에 긴 줄을 서면서 긴장을 풀었다. 입 안에서 뜨겁게 난리 치는 타코야끼를 먹으며, 그녀와 이것저것 이야기들을 풀어내고 있었다.

"저는 뜨거운 것을 잘 못 먹는데, 이렇게 또 먹게 되네요."

"왜? 왜 뜨거운 것을 못 먹어?"

"체질이 좀 그래요. 어릴 적부터 몸이 약하기도 했고, 그래서 커피도 잘 못 마시고, 늘 차가운 음료만 마셔요."

여전히 그렇게 그녀에 대해 하나씩 알아가고 있었다. 매번 그러고 싶었고, 계속 그러고 싶었다. 타코야끼를 먹으면서 진지한 이야기를 하면 좀 멋없어 보일 것 같지만, 미루다가 다가온 이 순간이야말로 고백할 수 있을 것 같았다.

타코야끼를 다 먹고 나는 그녀를 바로 보내지 않았다. 그런 나를 보고 그녀 또한 살짝 어리둥절한 표정이었다.

"사실, 너한테 부담될까 봐, 얘기를 못했거든."

그 말을 시작으로 분위기는 예상했던 대로 매우 차분해졌고, 그녀의 얼굴에도 고스란히 드러났다. 미소 짓던 그녀의 얼굴이 진지하게 변해가는 걸 보면서 계속 말을 이어갔다. 주변은 자동차 소리나 사람들 소리로 가득했지만, 내 말은 똑바로 잘 전해지는 것 같았다. 어떤 소음도 방해가 되지 않았다.

나의 말에 그녀는 당황한 건지, 나의 시선과 맞닿지 않게 다른 쪽으로 시선이 향했다. 갑자기 길거리에서 타코야끼를 먹다가 무슨 말을 하는 건지, 다시 생각해보면 정말 어처구니없었을 것 같다는 생각이 들었다.

그녀는 내가 무슨 말을 하는 건지 알아들은 모양이었다. 더 포장을 하지 않아도 괜찮을 것 같아서 한편으로는 안심이 되었다.

그리고 그녀는 말했다.

"표현을 못했긴요. 다 보이는데요."

나 혼자 착각하고 있었다. 내 마음을 꽁꽁 잘 숨기고 있었다고. 하지만 겁쟁이인 만큼 서툴고 완벽하지 않았기에 그녀에게 다 들킨 모양이었는지, 그녀는 자신뿐만 아니라 다른 사람들도 이미 다 알고 있을지도 모른다고 했다.

역시 고백은 이토록 민망한 거구나 하고 생각했다. 그래도 기분은 시원하고 좋았다. 그녀의 얼굴은 진지함에서 미소로 다시 돌아왔다. 그것만으로도 마음이 한결 편해졌다. 그리고 그녀는 말했다.
고맙다고.

*

겨우 고백을 했지만, 나이 차이는 여전히 고민스러웠다. 연상의 남자를 선호하는 여성이 많다고는 하지만, 나이 차이가 많이 난다고 더 좋아하는 것도 아니고.
30대로 근접해 갈수록 이제 한창 20대를 즐기는 이성에게 다가가는 것 자체가 어째, 스스로에게 잘 용납이 안 되었다.
그리고 그녀에게는 희한한 주사가 있었다. 술에 취하면 함께 있던 사람들을 한 명 한 명 모두 집으로 배웅해준 후에야 혼자서 집으로 돌아가는, 그런 주사였다. 나 또한 12시가 넘어서 그녀가 나를 집에 데려다주겠다는 말에 깜짝 놀라기도 했다.
그 말을 듣고는, 얘가 취했구나 하는 생각에 집으로 가는 막차 버스를 태워서 보내준 적이 있다. 아마 그때부터였던 것 같다. 그녀를 좋아했던 마음이. 그녀의 그런 주사가 무척 귀엽게 느껴졌는지, 버스 안에서 손을 흔들던 그녀 모습을 계속 떠올리면서 집으로 돌아

갔고, 이제야 그런 고백을 했다. 사람을 좋아하고 사랑하는 마음은 매우 단순한 걸지도 모른다. 그저 나는 불리함을 인지하는 것으로 스스로 상처받지 않으려고 애써 노력한 것이다.

그렇게 정면승부를 못 하다 보니 제대로 된 마음을 표현하지 못했다. 흔히 말하는 밑밥만 던지며 도망칠 구멍부터 만들고 있었다. 누가 그런 사람을 좋아할 수 있을까.

나이 차이는 정말 숫자에 불과할지 모른다. 누군가를 좋아하면 그 사람과의 나이 차이 따위 상관없다고 하지만, 여전히 좋아하게 되는 그 결과까지 얻는 데는 분명 장애물이 될 수 있다.

하지만 확실한 건 스스로의 약점이라고 생각할 필요는 없다는 것이다. 누구나 나이는 먹는 법이고, 나보다 어린 사람을 더 좋아할 수도 있지만, 나를 사랑하지 않을 법이란 또 없는 것이다.

미리 선을 그으면서 약점이라 말할 필요도 없다. 안 그래도 짝사랑을 하면 겁이 많아지는데, 더 겁먹게 되니까 말이다.

연락하는 게 귀찮다
여전히 사랑하지만…

연애의 시작은 많은 설렘을 가져다주었다. 나 자신을 어떻게 꾸며
야 할지, 타인을 만날 때보다 애인을 만날 때 더 신경이 쓰였다. 사
랑하는 사람이 어떤 차림으로 나를 만나러 오는지 기대하거나, 만
날 때마다 뭐가 바뀌었는지 한눈에 확인하기도 했다.

머리를 자른 건지, 염색을 한 건지, 오늘은 선크림을 바르고 나온
건지 그냥 나온 건지, 이번에는 실수로 바지의 지퍼를 열고 나온 건
아닌지.

얼굴을 볼 수 없을 때는 화상 통화를 하기도 하고, 졸려서 잠들기 전까지 전화 통화를 하는 경우도 많았다. 한번 카페에 자리를 잡고 이야기를 시작하면, 괜스레 주변 사람들의 눈치를 살필 정도로 시끄럽게 이야기하며 시간 가는 줄 모를 때도 많았다.

그렇게 그와 연락하는 순간은 '항상'이라고 할 정도로 잦았다. 밥을 먹다가 뭘 먹는지 물어보기 위해서 연락하기도 하고, 오늘은 뭐할 건지 묻기 위해 연락하기도 하고, 만날 수가 없다면 이유가 뭔지 알기 위해서 연락을 하고, 아침에는 잘 일어났는지 궁금해서 연락하기도 했다. 그런데 시간이 갈수록 점점 연락에 대한 의무감을 갖고 있다는 느낌을 받았다.

*

그런 느낌이 들 때가 있었다. 새벽 늦게까지 통화를 하고 있을 때였다. 그 사람은 내가 말하는 도중에 졸곤 했는데, 결국에는 도저히 졸음을 참을 수 없으니 통화를 그만하자는 말을 들었을 때였다.

그 사람과 전화 통화를 끊고 누웠는데, '내 전화가 잠을 방해할 정도였나?'라는 생각에 잠을 설치고 말았다.

대체 내가 무엇을 위해 연락했나 싶었다. 그동안에도 그런 생각이 전혀 없었던 건 아니었다. 나도 그에게 받은 연락의 모든 타이밍들이 전부 좋기만 했던 것은 아니었으니까.

사실 그런 생각은 하면 할수록 괴롭기 마련이었다. 어찌 보면 그리 심각하게 생각할 것도 아니다 싶었지만, 그동안 나와의 대화를 '견뎠다'라고 생각하니 고민이 깊어질 수밖에 없었다.

그 사람은 나와 대화하기 싫어서가 아니라 졸음을 버틸 수 없었기에 한 말이었을 뿐인데, "그래, 내가 너무 말을 많이 해서 잠도 못 자게 했지?"라고 말하면, 그저 어린애가 투정 부리는 것밖에 안 된다는 생각이 들었다. 그 정도로 어리광을 부리거나 그 사람을 곤란하게 만들 생각은 없었다.

그런 생각들이 계기가 되었던 것 같다. 삐쳤다기보다는 좀 편하게 둬보자라는 생각이었다. 그걸 '변화'라고 말해도 괜찮은지 잘 모르겠어서 내심 조심하기도 했다. 그렇게 지속되다 보니 언제부터인가 서로에게 보내는 톡이나 전화 횟수가 점점 줄어들었다.

여전히 사랑하는데…. 내가 그 사람을 믿기 때문인지, 그 사람도 나를 믿기 때문인지, 별다른 연락을 하지 않고 하루를 보내기도 했다. 하지만 그런 날이 있었음을 자각할 때면, 마음먹고 다시 그런 생각을 해본다.

"설마, 이틀 동안이나 연락을 안 하지는 않겠지?"라고, 그러곤 먼저 연락하지는 않기로 한다.

근데… 정말 이틀 연속으로 연락이 오지 않았다. 순간, '미친 거 아

냐?'라고 마음속으로 말했다.

어쩌면 나는, 사실 연락을 자주 하는 게 귀찮아졌던 건지도 모른다고 생각했다. 그전에는 연락의 빈도가 애정 표현의 증거라고 칭하며, 그만큼 사랑을 주고받고 있는 거라고 생각하고 있었다. 좋아하기에 메시지라도 주고받고 싶은 건 당연한 것이고, 매번 그 사람과 무엇이든 이야기를 나누고 싶었다. 내가 그런 마음이니 그 사람도 그랬어야 했다. 그게 맞는 거라고 생각했다.

'그런데 그런 마음이 줄어든다니, 문제 있는 거 아닌가?' 나의 사고방식은 그러했다. 그렇기에 연락이 줄어든다거나, 귀찮아진다는 건 우리 사이에서의 위험 신호가 아닐까 하는 생각이 들었다. 그런 위기감을 느꼈다.

많이 사랑하기에 많이 연락하고, 뭘 하는지 알고 싶고, 항상 대화하고 싶다고 생각했는데, 이틀 동안 연락이 없자, 과연 이 사람은 뭘 하기에 나에게 연락을 하지 않는 걸까 하는 의문이 들었다. 그 사람에게 연락이 오기 전까지 신경이 쓰인 건 분명했다.

그에게서 연락이 오자마자 안절부절했던 마음이 풀리기는 했지만, 답답한 건 여전했다. 뭔가 근본적으로 풀리지 않았기 때문이다.

"미안, 연락하지 않아서. 화났어?"

화가 전혀 안 난 것은 아니었다. 분노라고 할 것까진 없지만, 그 감정보다는 위기감이 더 앞지르기 때문에 신경이 조금 더 날카로워져서 예민해진 기분이었다. 그만큼 더 신중한 이야기를 하기 위해 그의 이야기를 잘 들어봐야 했다.

"아니, 화는 안 났어. 근데 왜 연락 안 했어?"

그 말에 그는 나와 똑같았던 생각을 말했다.

"이틀 동안 연락이 없기에, 정말 안 하나 싶어서…."

이상한 부분에서 통했구나 하는 생각도 했지만, 이 상황이 맞는 건지 미묘한 기분이 들었다. 잠시 안심이 되었지만, 다시 신경이 곤두섰다.

물론 연락이 없는 동안 그 사람이 뭘 하고 있는지는 알 수 없다. 하지만 그는 연락이 없던 동안 무얼 했는지 하소연을 하듯 다 이야기해주었다.

하지만 그런 그의 모습이, 이틀 동안 연락을 하지 않았다는 것 때문에 '자신이 의심을 사지는 않을까?' 하는 걱정으로 줄줄이 보고하는 것 같아서, 이게 정말 내가 원하던 건가 싶었다.

이틀 동안 연락이 없었던 일은, 우리 사이에서 의무적으로 연락하는 것에서 어느 정도 해방시켜주는 계기가 되었다.

한편 연락이 닿지 않으면, 상대방을 의심할 수 있다고 생각한다. 연인 몰래 무언가를 하거나 다른 이성을 만난다든가 등의 좋지 않은 이야기들이 주변에서 너무 쉽게 들리니까 말이다.

그렇기에 모든 사람이 그렇게 넘어가고 이해할 수 있을 거라고는 생각하지 않았다. 그저 다른 사람들은 잘 모르겠지만, 우리 사이에서는 의심을 깨트릴 만한 일을 하지 않을 거라는 최소한의 믿음이 있다고 생각했다.

그렇게 모범적이며 참다운 연인이 있겠냐고 비아냥거릴지 모르겠지만, 우리가 서로 공유하는 시간과 감정들은, 다른 사람에게 설명해준다고 한들 그저 고개만 끄덕일 뿐 완전히 이해시킬 수는 없기 때문이다.

그건 우리 둘이서만 공감할 수 있는 것들이었다. 그런 신뢰가 쌓여 있다는 전제 조건 때문에 가능했던 것 같다.

그리고 그런 전제 조건이 있더라도, 애정의 증거라고 생각했던 잦은 연락은 귀찮아질 수도 있다는 것을 인정해야 했다.

그동안에 해왔던 것에 부정 당한다는 느낌일 수도 있겠지만, 인정한다는 것이 그리 어려운 일은 아니라고 생각했다. 좀 더 자신을 쿨하게 만들 수 있지 않을까 하고 긍정적으로 생각해보기로 했다.

내가 그 사람을 믿지 않는 것도, 사랑하지 않는 것도 아니니까. 여전히 사랑하는 건 똑같았다. 그저 우리가 사랑을 하면서 싫어진 건 그저 일일이 해야 하는 의무적인 연락일 뿐이었다.

"그래도 역시, 하루에 한 번도 연락이 없는 건 좀….'"

"그렇지? 정 그러면 일 끝나고 못 만나는 날에는 집 문이랑 같이 셀카 찍어서 보내주는 거로 할까?"

"그게 더 귀찮을 걸? 그냥 전화를 해. 시간 많이 안 잡아먹을게."

그래도 언제든지 필요하고 원할 때, 목소리를 듣고 싶은 마음은 여전했다. 믿건 말건, 목소리라도 듣고 싶은 마음은 지금도 변함 없으니까.

하기 힘든
너를 좋아한다는 말

그녀는 눈이 동그랗고 커다란 귀여운 스타일이었다. 애교가 많다기보다는 발랄한 느낌이 강해서 동작 하나 표현 하나가 크고 뚜렷하게 보였다. 그런 모습이 마치 강아지 같다는 생각이 들었다. 그래서인지 낯을 가리지 않고 자신의 마음을 잘 표현하는 그녀는 주위 사람들에게 항상 인기가 많았다.

술을 마시면 그런 그녀의 모습은 더 격앙되었다. 스스로 오버해서 마냥 귀엽지 않은 모습까지도 보이곤 했다. 그래도 그런 부분까지 나름의 매력이라고 받아들였는지, 나는 계속 그녀를 응시했다.

*

그렇다. 나는 그녀에게 관심이 있었다. 콩깍지가 씌여서 그럴 수도 있겠지만, 내 눈에는 그녀만큼 귀엽고 예쁜 사람은 없었다. 더 웃긴 건, 그녀가 남자 친구가 있다는 것을 처음부터 알고 있음에도 그런 마음이 들었던 것이다.

그렇다고 그녀를 뺏겠다는 마음을 앞세운 것은 아니었고, 그녀에 대해 어정쩡한 호감을 계속 가지고 있을 뿐이었다.

그녀가 가진 고유의 애교는 남자 친구나 다른 여성이나 가리지 않고 남발되는 편이었다. 나는 그런 모습을 보면, "그런 가식적인 애교는 네 오빠한테나 가서 해."라고 말하는 편이었다. 그럼 그녀는 "칵! 퉤!" 하고 침을 뱉는 흉내를 내곤 했다.

그렇게 내 마음은 그냥 친한 오빠와 동생 쪽으로 기울기 시작했고, 그런 내 모습에 큰 미련이 있지도 않았다. 그저 '귀여운 동생에게 살짝 호감을 느꼈구나'라고 정리해갔다.

여느 때와 또 다름없이, 그녀는 퇴근 후 술을 마시러 가자는 제안을 했다. 그저 평소와 다름없이 지내면 될 일이었다. 애초에 우리는 별 다른 관계도 아니었기에 새삼 바뀔 것도 없었다.

그녀는 여전히 누구에게나 애교를 남발했고, 나 역시 여느 때처럼 "네 오빠한테나 가서 애교 부리라고 했지?"라고 했더니, "그럴 오빠가 이젠 없는데?"라고 했다. 그녀는 전날 남자 친구와 헤어졌다.

순간 당황스러웠다. 생각도 못했던 일이었고, 얼마나 사귄지 모르겠지만, 이렇게 갑자기 헤어질 거라고는 생각하지 못했다. 내가 이별에 상처를 준 건 아닌 건지 미안한 마음에 미안하다고만 했다.

"그러냐. 미안, 진짜 몰랐거든."

사실 그녀의 상황을 세세히 알 수도 없었지만, 괜스레 미안한 마음이었다. 하지만 그녀는, 자신이 싫어서 헤어지자고 한 거니까 신경 쓸 필요 없다며 쿨하게 말했다.

그 이후였다. 이런 게 기회인가 하는 생각이 드는 건. 그런 마음이 가속화된 건 의도치 않은 일로 인해서였다. 아이스크림이 먹고 싶어서, 다른 직원과 마트에 갔는데, 우연히 '티코'라는 아이스크림을 구매하게 되었다.

상자에 낱개로 포장된 아이스크림이 하나씩 집어먹을 수 있게 나눠져 있었는데, 포장 비닐에는 각각 다른 메시지가 적혀 있었다. 그런 메시지가 있는 줄도 모르고, 그녀에게 아이스크림 한 개를 건네주었다.

수많은 아이스크림 중에 하필이면 '니가 너무 좋아'라는 문구가 적힌 아이스크림을. 그리고 그녀는 웃으면서 말했다.

"뭐예요? 나 솔로 됐다고. 지금 고백하는 거예요?"

그렇게 놀리듯 말했다. 하지만 정작 나는 그런 문구가 있는 줄도 몰랐기에 그녀가 무슨 말을 하는지 어리둥절했다.

"어? 뭐가?"

"여기 '니가 너무 좋아'라고 쓰여 있는데, 나 좋아서 이거 주는 거 아니에요?"

"어? 어?"

순간 내 마음을 들킨 줄만 알았다. 이미 그녀에 대한 호감이 있었기 때문에 마치 짝사랑을 하다가 상대방에게 들킨 기분이 들었다. 완전히 정곡을 찔렸다.

"난 그런 게 있는 줄도 몰랐는데? 그러려고 그런 것도 아닌데!" 허둥지둥 말했다.

"그냥 장난친 거예요."

생각해보면 그녀의 장난에 허둥지둥 변명할 것도 아니었다. 그녀의 장난에 그냥 장난스럽게 맞장구쳐도 될 일이었는데 말이다. 그 날 밤에 혼자 이불 킥을 날리면서 자연스럽게 넘기지 못했던 행동이 바보 같아 미칠 것 같았다.

그 이후부터는 그녀가 더 신경 쓰였다. 단둘이 있으면 뭔가 부자연스럽기도 했고, 괜히 어색하기도 했다. 그럼에도 그녀와 밤늦게까지 술이나 식사를 하곤 했다. 예상대로 어색함이 맴돌았다. 분명 나는 그녀를 확실하게 의식하기 시작했다. 그날 우리는 초밥집에 들렀고, 맥주를 한 병 주문해서 나누어 마셨다.

"너 술 많이 마시면 이상해지니까, 이것만 마셔."

"이상해진다는 건 또 뭐예요."

그날은 또 초밥이 나오는데 왜 이리 오래 걸리는지, 나중에는 서비스까지 받았다. 덕분에 생각보다 어색한 공기는 더 짙어졌다. 괜히 벽에 붙어 있는 메뉴판을 읽어보기도 하고, 평소 먹지도 않던 락교나 초절임 생강을 집어 먹기도 했다. 그것도 모자라면 일부러 물을 다 마시고 다시 따르기도 했다. 초밥이 나오자, 바로 먹기 시작하는 그녀를 보고 말했다.

"사진은 안 찍어?"

"사진 찍는 거 별로 안 좋아해요."

"보통 음식 나오면 사진 찍는 사람 많던데, 특히 여자애들이."

"윽, 나는 그런 거 별로."라면서 손짓으로 선을 그었다. 그것을 시작으로 사적인 이야기를 시도해 보았다.

그래서 얼마 전에 자신의 언니와 싸운 것, 억지로 좋아하지도 않는 해외여행을 가게 되었다는 것, 그날 오전에 자격증 시험에 떨어졌다는 것을 알게 되었다는 것도. 나도 분명 여러 가지 말을 했지만, 내가 무슨 말을 했는지는 전혀 기억이 나지 않았다. 그저 그녀에 대해 조금 더 알았다는 것에 만족스러웠다.

"여기 '니가 너무 좋아'라고 쓰여 있는데,

나 좋아서 이거 주는 거 아니에요?"

"어? 어?"

순간 내 마음을 들킨 줄만 알았다.

초밥집에서 나오자마자 바로 헤어지는 게 너무 아쉬워서, 다음에는 심야 영화를 같이 보자고 권유할까 싶었지만, 쉽게 입이 떨어지지 않았다.

잠시 고민스러웠다. 얼마 전까지만 해도 남자 친구가 있다는 사실 때문에 '그냥 친한 오빠 동생으로 지내지 뭐'라고 생각했던 주제에, 남자 친구와 헤어졌다는 말을 듣고 나서 이렇게 마음이 바뀌다니 말이다. 뭔가 스스로 너무 치사하다고 생각했다.

그녀는 이별이 괜찮다고 하지만, 좋아했던 사람과 헤어졌는데 결코 아무렇지 않을 수 없을 것이다. 어쩌면 생각보다 깊은 상처가 있을지도 모르는데, 그 빈자리에 냉큼 들어가려고 한다는 게 스스로 얍삽해보였다.

그래도 결국 내 마음을 우선시했다. 한 번 보게 된 빈자리는 욕심이 나기 시작했고, 그녀에게 어떻게 다가가고, 어떻게 대화를 하고, 어떻게 시간을 함께 보낼 방법을 만들지 상상했다. 내 마음을 표현하기는 아직 이르다고 생각했기에, 꽤나 치사한 방법을 쓰기로 했다. 그렇게 그녀를 위하는 척하면서 말이다.

이번에는 일부러 아무렇지 않은 척, 그 아이스크림을 건네줄 생각이다. '니가 너무 좋아'라는 문구가 적힌 아이스크림을. 그녀 또한 그게 우연이든 장난이든 아무렇지 않게 생각하겠지만, 그렇게 조금씩 표현해보려고 한다.

가만히만 있기에도, 그렇다고 마냥 다가가기에도, 확실하게 밀어붙이지 못하는 나는 그렇게 치사해졌다. 그럼에도 그녀의 마음을 얻을 수 있기를 바라면서.

어차피 그 사람은
나를 좋아하지 않을 거야

내가 일하는 곳은 소개팅이나 데이트하기 좋은 곳으로 나름 소문난 레스토랑이다.

가격도 그리 비싸지 않고 대학생들도 즐길 수 있을 정도로 소비자층을 넓게 유도한 편이었기에, 남녀 커플이 자주 식사를 하러 온다.

대부분의 손님들은 인테리어가 마음에 드는지, 입구에서부터 사진을 찍곤 한다.

그렇게 방문한 손님을 빈자리로 안내하는 게 일반적인데, 가끔은 빈자리에 자기 짐을 놔두고 대기석에서 기다리는 남성들이 있다. 그런 경우 직원들은 '소개팅을 하러 온 거구나' 하고 생각한다. 그후 여성 분이 들어오면 함께 테이블로 이동한 뒤, 한 시간가량 식사를 하면서 이야기 나누는 모습을 볼 수 있다. 그 옆에서 보조 역할을 했던 아르바이트생에게 물어보았다.

"넌 소개팅 몇 번이나 해봤어?"

그 말에 그녀는 곤란한 듯 눈도 마주치지 않으면서 말했다.

"한 번도요…."

말을 끝까지 잇지도 않고 잘 들리지도 않았지만, 한 번도 하지 않았다는 말인 것 같았다. 그녀는 나름 우수한 국립대학교 학생에 혼자 자취 생활을 하고 있었다. 성실했고, 부끄러움을 많이 타긴 했지만, 그 이전에 낯을 많이 가렸다. 심한 경우에는 주변 사람들과 말도 잘 섞으려고 하지 않았다.

"왜? 왜 소개팅 안 해봤어?" 다시 물었고, 그녀는 대답했다.

"다른 사람이 저를 이성적으로 좋아할 리가 없으니까요." 그녀는 그렇게 단정 짓고 있었다. 화장기도 하나 없고, 자신을 꾸미는 것에도 관심 없는 건지, 아니면 그러기 싫거나 혹은 할 수가 없는 것인지, 그런 그녀는 그저 묵묵하게 일을 계속하고 있었다.

내가 그녀에게 무슨 말인가 해줄 수 있다고 한들, 쓸데없는 참견이라 여길 것 같았다.

누군가를 좋아하는 것에서 망설이게 되는 이유 중 하나는 자존감 때문일 수 있다. 누군가를 좋아하는데 괜히 겁이 나서, 스스로 자신을 한없이 낮추곤 한다. 다른 사람이 나를 좋아할 리가 없다면서 말이다.

그 반대인 사람은, 상대방이 나를 먼저 좋아해주지 않더라도 먼저 적극적으로 나선다. 자존감은 그런 차이를 만든다.

대부분의 사람들이 외모에서 그런 이유를 찾곤 한다. 이제는 쌍커풀 수술은 미용이라고 할 정도로 외모지상주의인 세상이다. 그만큼 아름다운 여성이나 멋진 남성은 늘어나고, 그런 사람들을 보면서 열등감을 느끼거나 마냥 부러워하는 사람들도 함께 늘어나고 있다. 그러다가 괜히 스스로 자존감을 낮추기도 하며, 그런 경쟁자나 연적이 있으면 시작도 하기 전에 패배감을 갖고 물러서기도 한다.

예전에 그런 커플이 있었다.

논스톱이라는 시트콤에 나오는 가상으로 만들어진 커플이지만, 그 안에서 사각턱에 알바만 주구장창 다니는 박경림과 학교 최고의 킹카인 조인성 커플이었다.

10살도 되지 않았던 나는 개성 있는 캐릭터들 때문에 그 시트콤을 자주 시청했는데, 이 예상치 못한 커플로 인해 시청률도 고공행진

중이었다. 비록 가상의 이야기지만, 많은 시청자들이 그 모습을 지켜보고 싶어 했다. 두 사람이 커플이 될 거라고는 쉽게 예상할 수 없는 일이었다. 심지어 두 사람은 시트콤에서 결혼까지 했다.

서로의 어떤 점에 반했던 걸까? 모든 것이 완벽할 정도로 멋진 조인성은 박경림의 어떤 점에 반한 걸까? 이 의문점 자체가 편견일 수도 있지만, 사실 누구나 궁금해 했던 부분이다.

분명 호감 가는 외모는 큰 무기가 될 수 있다. 면접에서든 소개팅에서든 유리한 입장에 놓일 확률이 높기 때문이다.

그렇기에 모두가 멋있고 예뻐지고 싶어 한다. 반대로 외모 때문에 아예 도전을 시작하지도 않거나 포기하는 사람들이 있다. 그러다가 결국 "그 사람은 나를 좋아하지 않을 거야"라는 생각이 뿌리내린다. 외모는 큰 역할을 하긴 하지만, 역시 전부는 아니라고 생각한다. 아무리 예쁘고 멋진 걸 좋아하는 사람들이 많다고 해도.

나는 '누군가가 자신을 좋아하지 않을 거라는' 그런 마음을 가진 사람에게, 스스로에게 먼저 자신이 다른 사람에게 '내가 어떤 사람인지 보여주기나 했는지' 묻고 싶을 때가 있다. 바로 그 아르바이트생이 그런 말을 할 때처럼.

자신이 어떤 사람인지, 어떤 목소리를 가졌는지, 어떤 것을 좋아하고 어떤 것에 기뻐하고 어떤 것에 화를 내는지 보여주지도 않았으면서, 왜 다른 사람이 자신을 어떻게 생각하고 받아들일지를, 자기

"그 사람은 나를 좋아하지 않을 거야"

'어차피 그 사람이 나를 좋아하지 않을 거'라는
생각만큼 섣부른 건 또 없다.
나도 누군가에겐 분명히 소중한 사람일 것이다.

마음대로 정해버리는 건지. 언젠가 자신의 장점을 찾아서 좋아해줄 사람이 나타날지도 모르는데 말이다.

소심하다든가 그런 성격 문제일 수도 있겠지만, 타인에게 자신을 보여주지도 않고 그렇게 단정짓는 건 조금 아쉽다.

자신 또한 누군가에겐 소중한 사람일 것이다. 그 말은 그 어떤 사람에게 반드시 소중한 사람이 될 수 있다는 뜻이다. 그만큼 '어차피 그 사람이 나를 좋아하지 않을 거'라는 생각만큼 섣부른 건 없다.

여자 친구가 성폭행 당했던
사실을 알게 되었다

법적으로 성인이 된다는 건 기대했던 일이기도 했지만, 사실 별거 없는 경계선일 뿐이었다. 나 스스로가 무엇이 바뀌었는지 알 수 없었고, 그저 담배나 술을 합법적으로 마실 수 있을 뿐이지, 사람들이 나를 어른으로 취급해 주는 건 아니었다. 그렇다고 딱히 어른 대접을 받고 싶었던 것도 아니었다.

하지만 그 어른으로 거듭날 기회를 주려는 건지, 생각지도 못한 말을 듣게 되었다. 대학 새내기가 되고 MT에서 친구도 늘리고 단짝도 만들고 재미있게 보내고 있던 도중, 병무청에서 신체검사를 받으라는 통보가 왔다.

하지만 그 신체검사의 진행은 매끄럽지 못했다. 어깨에 습관성 탈골이 있었는데, 그 증상이 심했던 편이라 현역으로 판정이 나올지 공익근무요원으로 판정이 나올지 하는 문제로 꽤 시달리고 있었다. 틈만 나면 서류를 제출하라며 연락이 오고, 그 서류를 제출하면 또다시 불러내 검사를 받게 하고, 가뜩이나 가기 싫은 병무청을 자주 찾게 되어 스트레스가 이만저만이 아니었다.

그때마다 쌓이는 스트레스는 여자 친구를 만나면 풀어지곤 했다. 그녀와 함께 있는 동안만은 불편한 것들이 모두 잊혀진 채 즐거움으로 가득했다.

*

그러던 어느 날, 여자 친구는 나에게 한 가지 고백을 했다.

"나 사실, 어릴 적에 성폭행을 당한 적이 있었어."

그녀의 목소리는 굉장히 차분하게 가라앉아 있었다. 그 말은 수많은 주변 사람들 속에서 나만 유일하게 알아들을 수 있는 비밀 신호 같은 느낌이었다.

"어?" 순간적으로는 그 말밖에 나오지 않았다. 그저 잠자코 그녀의 말을 들었다. 거짓말이라고 느끼지 못할 만큼 상세하고, 그만큼 잊지 못할 어릴 적 기억이라고 강요하듯이.

초등학생 때 학교에서 귀가한 후, 집에 혼자 있는 중에 일어난 사고라고 했다. 작은 동네라 소문이 더 퍼지지 않았고, 당연히 뉴스에도 나오지 않은 채 잠잠해졌다고 한다. 다른 누구에게도 알리고 싶지 않았기에 그 동네를 떠난 이후로 줄곧 숨겨왔다고 했다.

"이 사람이야."

그리고 지금 복역 중인 그 가해자의 사진을 보여주었다. 따로 기억해 두지 않는 이상, 쉽게 알아볼 수 없을 것 같은 얼굴이었다. 그녀는 온몸을 떨고 있는 것 같았지만, 나에게 그런 모습을 보여주고 싶지 않았는지 잔뜩 움츠리고 있었다.

솔직히 이런 일에 어떻게 대해줘야 할지 몰라서 조금 혼란스러웠다. 하지만 대체로 알고 있었다. 그녀를 다독이고, 나에게 그런 말을 해준 것에 대해 대단함을 표출해줘야 했다. 그저 "그동안 힘들었겠다." 하며 공감해주어야 했다.

하지만 입은 마음대로 움직이지 않았다. 그런 그녀가 싫은 게 아니었다. 생각도 못 해본 일이라, 내 주변에 그런 일이 있었을 거라는 생각을 해본 적이 없어서 당황스러웠다.

그런 나와는 달리 그녀는 침착했다. 울고불고하지도 않았고, 아주 조심스러워 보였다. 그래서 다독이는 것도 왠지 어려웠다. 화가 나기도 하고 동조도 됐지만, 뭐 하나 해줄 말이나 행동이 금방 떠오르지 않았다.

"그런 말, 나에게 해줘도 괜찮았어?"

"응, 너도 언젠간 알아야 할 것 같다고 생각했어. 내가 싫으면 싫다고 해도 괜찮아."

그녀가 싫은 일은 절대 없었다. 나쁜 건 그 녀석인데, 왜 그녀를 싫어해야 하는 건가? 화가 나기도 했지만, 생각보다 침착해졌다.

하지만 솔직히 그녀에게 묻고 싶은 게 하나 있었다.

'그 이야기를 왜 지금 한 걸까?'

늦게 말했다고 따지고 싶은 게 아니었다. 차라리 말하지 말라는 것도 아니었다. 그녀의 입장에서 왜 지금 타이밍에 그런 이야기를 꺼낼 용기를 낸 건지 그게 알고 싶었다. 무언가 계기가 있지 않을까 하는 생각이 들었다. 하지만 묻지 못했다. 묻지 않는 게 나을 거라고 생각했다.

그런데 그녀는 다시 떨고 있는 것 같았다. 그래도 그저 괜찮다고 다독이기만 했다. 그녀가 그런 고백을 했다는 건, 나를 사랑하고 믿었기 때문일 것이다. 그렇게 생각했다.

사회에 나가면서 제일 처음 배운 것은 '책임감'에 대해서였다. 내가 할 일을 누군가가 해결해주지 않는다. 돈을 주거나 그에 맞대응할 만한 것을 내밀면 모를까. 내가 할 일은 스스로 해야 했다. 언제까지 엄마 아빠가 해결해줄 순 없으니까.

그렇기에 여자 친구에게 그 이야기를 들으면서 제일 처음 느꼈던 것 또한 '책임감'이었다. 더 이상 여자 친구가 괴로울 일을 만들고 싶지 않았고, 그만큼 그녀와의 성관계도 조심스럽게 다가가야 할 부분이라고 생각했다. 분명 여자 친구가 나에게 그런 고백을 한 것은, 나에게 그런 도움이 필요한 게 아닐까 하고 생각했다.

그리고 이 상황을 어떻게 대처해야 할지 인터넷에 검색해보기도 했다. 생각보다 비슷한 처지인 사람들이 많았다. 그들의 의견은 껴안아 준다든지, 괜찮다고 다독여준다든지, 공감해준다든지 좋은 말만 해주었지만, 그다지 현실적인 대응 방법이란 생각이 안 들었다. 평생 악몽으로 가져가야 할 일이 한순간 치유될 수는 없을 것이다. 그렇게 간단한 일이 결코 아니었다.

누군가를 사랑하는데 장애물이 있다고 하지만, 내가 맞서는 건, 훨씬 크다기보다는 어떤 형체를 가진 장애물인지, 뛰어넘어야 하는 건지, 몸을 숙여 통과해야 하는 건지, 빗겨나가야 하는 건지 파악하기 힘들었다. 그만큼 그녀를 대하는 것이 조심스러워졌다. 그런 와중에, 그녀는 결국 그런 고민을 하고 있던 내가, 자신을 불편해한다고 느끼고 있었다.

"그게 아니야. 그저 조금 조심스러워졌을 뿐이야."

"나는 그게 싫다는 거야. 그러지 않기를 바라면서 말한 거라고. 솔직히 네게 말한 거 후회하고 있어."

그녀는 그저 자신의 과거 중 말해야 할 것을 말해줬을 뿐이라고, 숨겨야 할 일이 아니었다고 말했다. 그저 묵묵히 아무런 변함없이 "그랬구나" 하면서 받아주길 바랐다고 했다. 나는 바로 답하고 싶었지만, 목구멍을 닫아내며 그녀가 말하는 것을 계속 들었다.

"그저 다독인다거나, 공감해준다고 해서 나를 위로하는 게 아니야. 그런 사실을 안다고 해서 별다를 거 없이 대해주길 바랐어."

결과적으로 그랬다. 우리는 서로 사랑하기에, 그런 아픔이 있더라도 위로하기보다는, 그래도 아무런 상관없이 너를 사랑한다는 걸 보여줘야 했다. 그것이 그녀의 바람이었다. 나는 쓸데없이 나만의 책임감을 앞세웠을지도 모른다.

그리고 그녀는 허무한 웃음을 지으며 말했다.

"이런 말을 하면서, 이해해주기 바란다는 식으로 말해서 미안해. 내가 이기적인 걸지도 몰라. 너를 시험했던 걸지도 모르고. 기분 나쁘지? 사실 이런 말을 하는 게, 더 겁이 났거든."

그러면서 그녀는 스스로를 자책하듯 말했다. 그녀가 잘못한 건 하나도 없는데. 내가 아직 그녀에 대해서 잘 몰랐을 뿐이었는데. 나는 꾹 참아 왔던 말들을 그녀를 바라보며 풀어냈다.

"그럼 나도 하나만 물을게, 나한테 그 말을 했다는 걸 후회한다는 건 무슨 뜻이야?"

그녀는 분명 고백한 것을 후회한다고 했다. 나는 그 말을 납득하지 못해서 뒷말을 잘 듣지 못하고 있었다.

그녀는 말을 하기 꺼려했다. 뭔가 더 있는 모양이었다. 난 그녀가 정말로 숨김없이 솔직하길 바랐다. 아무리 무섭고 힘들다고 하더라도. 나는 모든 것을 그녀와 함께 하고 싶었다.

"그 사람이, 몇 주 후면 출소하게 될 거야. 그래서 너무 무서워서 그랬어."

그 사람이 다시 나온다. 그녀에게 상처를 준 사람을 말하는 거였다. 그가 감옥에 들어갔다가 나오는 거니까, 혹시나 자신을 찾아올지도 모른다는 생각에 겁을 먹고 있었다.

그녀는 나에게 그런 도움을 바라고 있었다. 그래도 변함없기를 말이다. 하지만 지금의 그녀는 자신의 행동으로 인해, 나에게 피해를 준 건 아닐까 하는 걱정으로 온통 후회하고 있었다.

"왜 네가 겁을 먹고 그래."

그녀는 두 손으로 자신의 얼굴을 파묻었다.

"잘못한 건 네가 아닌데."

나는 순간 그녀의 용기를 건네받은 것처럼 느껴졌다. 얼마나 어렵게 나에게 건넨 말이었을지. 여자로서 얼마나 수치심을 밟아내고 고백했을지, 그 용기를 다시 한 번 느낄 수 있었다. 그만큼 무거운 고백이었다. 나를 믿어줬기에, 그 믿음을 저버리지 않아야 했다.

그만큼 무거운 고백이었다.

그만큼 나를 믿어줬기에

그 믿음을 저버리지 않아야 했다.

그 당시 상처를 받았을 때의 그녀와 지금의 그녀는 전혀 다르다. 그때는 내가 그녀 곁에 있어주지 못했고, 지금은 그녀의 곁에 있어줄 수 있었다.

무엇보다 그녀는 나에게 의지하고자, 믿음을 갖고 도움을 요청했다. 충분히 수치스럽고 고통스러운 걸 견디고 꺼내면서 말이다. 정말 대단한 용기였다.

그녀의 상처를, '우리'로서 나누어 가질 수 있는 방법은, 그녀의 용기와 그에 맞는 나의 책임감이었다. 이건 한순간으로 끝날 게 아니라, 그녀와 함께할 모든 시간에 기여해야 할 강한 것이다. 그것이 바로 내가 찾아낸, 그녀를 위로하는 방법이었다. 분명 그런 고백을 한다는 건, 어떤 반응을 보일지 수없이 상상하고 난 후에 결심한 한마디였을 것이다.

세상에는 뻔뻔한 사람들이 수없이 존재한다. 그런 짓을 하고도, 꼬리치는 여자가 잘못했다고 주장하는 사람도 있고, 적반하장으로 돈을 던져주며 난리 치지 말라고도 한다.

오히려 성폭행자를 지지하는 사람도 있고, 가해자가 피해자를 결혼식에 초대하는 경우도 있다. 그 사람들은 그렇게 뻔뻔하게 세상을 살아갔다.

하지만 그건 용기가 아니다. 그저 막돼먹은 것뿐이며, 용기와는 다른 것이다. 무식하기에 용감한 것도 몰라 용기를 가진 것처럼, 그런 사람들은 상대할 만한, 가르칠 만한 사람들도 아니다.

따라서 그들에게 열을 내며 혼자 싸울 필요도 없다. 적반하장에 편을 들어주는 사람들은 그저 똑같은 부류의 사람들일 뿐이다.

세상에는 그런 사람들을 적대하는 사람들이 훨씬 더 많다. 겁을 낼 필요가 없다. 조금만 더, 조금만 더 용기를 낸다면 반드시 주변에는 도와주려는 사람들이 나타난다.

용기는, 겁을 준 사람을 생각하기보다 자신을 도와줄 사람을 생각할 때 더 강하게 가질 수 있다.

그 사람과
자고 싶은 타이밍

성폭행 피해를 입었던 그녀, 그녀와의 성관계는 너무나도 조심스러워야 했고, 그런 마음을 너무 드러내서도 안 되었다. 혹시나 트라우마 같은 게 있지 않을까 하는 생각도 들었고, 정말 얇은 유리를 껴안아야 할 것처럼 그녀는 너무나도 약할 것만 같았다.

하지만 그녀는 말한다.

"너랑 같이 있는데, 그때의 일이 떠올려질 리가 없잖아."라고.

남녀가 함께 있으면 충동적으로 그런 때가 있다.

"집에 보내주기 싫다."

"집에 들어가기 싫다."

그 순간에 둘 다 공통적으로 느끼는 건지는 모르겠지만, 어느 한쪽, 대부분은 남자가 여자를 붙잡으면서 집으로 보내주지 않으려고 한다. 그리고 그런 남자의 당김에 여자는 수많은 생각이 오가며 밀지 당길지 고민을 한다.

남자는 언제나 여자와 함께 보내는 밤을 상상하곤 한다. 그냥 보통 여자를 말하는 게 아니라, 지금 바로 옆에 있는 사랑하는 여자를 의미한다.

그리고 생각해보면 여자는 항상 준비시간이 길었다. 목욕을 할 때도, 옷을 입을 때도, 화장을 할 때도, 언제나 평균적으로 남자보다 준비할 시간이 많이 필요했다. 화장실을 다녀와도 충분히 시간을 가진 후에 나타났고, 그 어떤 경우에도 다름이 없었다.

생각해보면 하룻밤을 보내려는 타이밍도 여자에게 충분한 시간을 주어야 했다. 준비할 시간을.

남자는 그것도 잘 이해하지 못한 채, 내가 그녀를 사랑하는 만큼 그녀도 내 마음을 받아줄 거라는 생각에 그녀를 어떻게든 붙잡으려고만 한다.

하지만 여자에게는 갑작스러운 일이 아닐 수 없다. 그리고 그에 대한 서운함을 느끼기도 하고, 마냥 거부하기도 그래서 냉큼 받아들일 수도 없는, 참 어려운 부분이었다. 잘 생각해보면, 당연했다. 마냥 잠자리를 갖는 게 좋고 즐기는 사람이 아닌 이상.

"다음 주에 여수로 여행 가려고 해. 그리고 호텔도 예약했는데… 같이 갈래?"

나의 타이밍은 그랬다. 아직 그녀와 성관계를 가질 정도의 진도는 아니었다. 하지만 그렇다고 그녀와 빨리 진도를 빼서 갈 데까지 가겠다는 것도 아니었고, 그렇다고 느긋하게 진도가 나가든 말든 가만 있겠다는 것도 아니었다. 그저 자연스럽게 이루어지길 바랐기에 서두르지 않았다.

물론 그녀와 함께 밤을 보내고 싶다는 생각은 하고 있었다. 무엇보다 그녀는 다른 사람과는 달리, 악몽 같은 과거로 인해 성에 대해 더 예민한 편이었고 더 겁이 많았다. 그렇기에 그녀에게 단순하게 그날 밤 함께 있자고 말할 수 있는 입장이 아니었다.

혼자 여행하려고 계획하던 도중 호텔 예약권이 있다는 것을 알게 되었다. 하지만 너무나 큰 평수에 혼자 쓰기 아깝다는 생각에 그녀를 떠올렸다.

"함께 갈 수 있으면 좋을 텐데."

'그녀는 나와 함께 가려고 할까?'

그녀에게 동의를 구하는 것보다

거절 당할 것을 더 걱정했다.

그녀는 언제나 나에게 과거의 문제로 평범한 과거를 가진 사람과 다르게 신경 써줄 필요 없다고 했다. 그저 남들과 똑같이 연인으로서 함께 할 수 있으면 만족한다고 말했지만, 마냥 그럴 수 있는 건 아니었다. 그런데 이렇게 망설이기만 하면 뭔가 정체되고 있는 것 같아서 그게 더 불안했다.

'그녀는 나와 함께 가려고 할까?'

좋다고 말해줄 것 같지 않았다. 여자 친구인데도 말이다. 솔직히 말하면, 그녀에게 동의를 구하는 것보다 거절 당할 것을 더 걱정했다. 여행을 같이 가자는 말이, 내 속마음을 깔아놓고 이해해달라는 식으로 말하는 것 같아서 미안한 마음도 있었다. 괜히 부담을 떠넘긴 건 아닌가 싶기도 했고.

그리고 이틀 후에서야 그녀에게서 연락이 왔다. 지난 이틀 동안 전화기 화면만 수백 번은 들여다봤을 것이다. 답답해서 미쳐버릴 것만 같았다. 기다리다 못해 전화를 걸어보기도 했는데, 그녀의 전화기는 꺼져 있었다. 전원이 꺼져 있다는 말에 '완전히 망했다'고 생각했다.

*

그와 사귀기 시작하고 연애 기간이 늘어나면서 그런 생각을 했다.

연애 기간은 충분히 길게 이어지고 있었고 성관계를 아직도 안 가졌냐는 말을 들어도 할 말이 없을 정도로 긴 시간을 함께 보냈다.

그가 나에게 거기까지는 관심이 없는 건가 싶어서 한편으로는 걱정되기도 했지만, 역시 나의 옛일 때문에 너무 신경 쓰고 있는 건 아닐까 하는 생각도 들었다.

솔직히 말하면, 성관계가 무서운 것도 있었다. 그럴 수밖에 없었다. 그때의 그것은 원치 않았던 공포였다. 하지만 그와 함께라면 괜찮을 거라는 생각은 이미 갖고 있었다. 그에게 나의 악몽 같은 과거를 말하는 순간, 나를 받아준 순간, 시간이 지날수록 그에게 모두 맡길 수 있을 거라는 생각이 들었으니까.

그럼에도 나는 항상 타이밍을 맞춰야 할 때가 온다고 생각하고 있었다. 하지만 그 타이밍이 언제 올지 알 수 없었다. 갑작스러운 다가옴에 내가 제대로 반응할 수 있을지는, 솔직히 자신이 없었다.

"일단 콘돔이나 피임약 같은 걸 따로 사두는 게 좋으려나? 남자가 콘돔 정도는 따로 챙기겠지? 없이 하려는 사람도 있다고 하던데."

그래서 남성용 피임 도구를 내 가방이나 지갑에 넣고 다니며 나름의 준비를 했는데 마냥 어색했다.

하지만 피임 도구를 챙긴다는 게 왠지 부끄럽기도 했고, 누군가 내 가방 안을 볼까 봐 항상 잘 닫혀 있는지 살피거나, 다른 사람이 절대 손대지 못하게 했다.

"너는 네 가방을 훔쳐보듯 보냐." 그런 말을 들으면서 말이다.

그렇다고 빼놓고 다닐 순 없었다. 언제 어떤 시간에 갑작스러운 타이밍이 나타날지 모르니까.

처음은 항상 중요하니까. 그 남자와의 첫 관계를 엉망으로 만들고 싶지도 않았고, 그리 실망감을 주고 싶지도 않은 건 물론이었다.

아무리 그를 좋아하고, 마음 놓을 수 있는 사람이라 하더라도 쉽게 허락해주고 싶지도 않았다. 이런 것도 밀당인가 싶었다.

그러던 어느 날, 그가 말했다.

"다음 주에 여수로 여행 가려고 해. 그리고 호텔도 예약했는데… 같이 갈래?"

이건 그 뜻을 의미하는 걸까? 나는 한순간 멍하니 있었다.

'호텔? 당일치기는 아니라는 말인가? 돈이 많은 것도 아니면서 모텔도 아니고 호텔? 대체 무슨 생각인 걸까?

혹시 내가 지금 착각을 하는, 음란마귀가 씌어 나만 혼자 이상한 생각을 하고 있는 건 아닌지?'라고 온갖 생각으로 머릿속이 까마득해졌다.

하지만 나 또한 그와 함께하고 싶었다. 그는 나에게 충분한 시간을 주려고 한 건 아닐까 하는 생각이 들기도 했다. 그렇게 생각하면 편해졌다. 어떤 날에 타이밍을 맞춰야 할지, 어떤 분위기에 이끌려야 할지 예상할 수 있었고, 마냥 낯설지 않게 그와 함께 나란히 할 수

"그래, 같이 가자."

있을 것 같았다.

처음엔 그 말이 나를 배려해서 한 말인지는 몰랐다. 솔직히 나에게 허락을 구하는 말이라기보다는, "같이 가자고 말해주지 않을래?"라고 말하는 것 같기도 했다.

하지만 분명 나에겐 고마운 말이었다. 갑작스러운 것만큼 난감한 것은 없으니까. 그리고 왠지 귀여운 것 같기도 했다.

나는 바로 답하고 싶었지만, 꾹 참았다. 솔직히 그 사람의 그런 시도는 정말 훌륭하다고 생각했다. 그에게 남들과 다름없이 평범한 과거를 가진 여자로, 연인으로 대해 달라고 했지만, 그러지 못하는 것 같아 괜스레 장난, 심술을 부려보고도 싶었다.

그동안 전화기 화면을 보면서 얼마나 긍정의 메시지를 보내고 싶었는지 모른다. 그런 마음을 꾹꾹 눌러가며 일부러 전화기를 꺼놓기도 했다.

결국 3일 후에 보내려고 마음먹은 것을 이틀밖에 참지 못하고 답장을 보냈다.

"응, 그래. 좋아. 같이 가. 고마워."

아빠가 퇴근길에
치킨을 사오셨던 이유

처음 돈을 벌기 시작했을 때, 눈물이 났다. 비록 잠깐 하는 일이었지만, 오전 6시에 출근해서 오후 11시에 퇴근하는 공장 일은 굉장히 고된 일이었다.

정말로 너무나도 힘들어서 더 오래 일해줄 수 있겠냐는 제안을 받아도 거부했다. 그 일은 돈 벌기가 얼마나 어려운지 깨닫게 해준 경험이었다.

그래서 적게 버는 일이더라도 조금 더 여유 있게 할 수 있는 일을 선호했고, 조금 적게 벌면 더 아끼면 된다는 생각으로 돈을 모아왔다. 그러다가 나이가 들수록 저축의 중요성을 느끼고 한 달에 150만 원은 저축해야 한다는 생활 방식을 갖게 됐다.

그렇기에 집에 생활비를 드리는 것을 제외하면 쓸 돈이 없었다. 애초에 일하는 시간이 길다 보면 자연스럽게 지출은 줄어들 수밖에 없었다. 그렇게 고정된 필요 지출은 교통비나 통신비와 몇 만 원 수준의 생활비뿐이었다. 식사는 직장에서 해결할 수 있었고, 가끔씩 2,000원이나 3,000원짜리 마실 것을 사는 것에도 사치를 느꼈다.

씀씀이가 그 정도이다 보니 옷 하나 사는데도 디자인이 아니라 이삼 만 원 정도의 가격 때문에 몇 주를 고민하곤 했다. 그런 나 자신을 보면서 왜 이리 궁색하게 살고 있나 싶을 때도 있었다.

*

그러던 어느 날, 내 평소 생활 방식과 맞지 않는 일이 생겼다. 정작 나는 할인에 할인을 덧붙여 2만 원짜리 신발을 신고 다니면서, 오랜만에 조카를 보러 간다는 생각에 큰 고민 없이 6만 원이나 하는 첫걸음용 신발을 산 것이다. 그 선물을 좋아하는 건 이제 막 걷기 시작한 조카가 아니라, 엄마인 누나인데도 말이다.

그런데도 그게 만족스러웠다. 참 이상했다. 나에게 투자하는 것은 그렇게 아까워하면서, 일 년에 두세 번 볼까 말까 한 어린 조카에게는 그토록 비싼 선물을 어떻게 아낌없이 할 수 있었을까. 조카가 귀엽긴 하지만, 너무 보고 싶어서 안달 날 정도도 아니었는데 말이다. 그런 내 자신이 스스로 이상하게 느껴져서, 누나에게 넌지시 물어보았다. 돌아오는 대답은 이러했다.

"너 그러다가 병나. 정신병."

나를 비난하는 게 아닌, 걱정해서 나온 말이었다.

"한창 일할 땐, 너보다 일도 더 많이 하고 돈도 더 많이 벌었지만, 나도 돈을 쓸 수 없었어. 나는 또다른 사정이 있어서 어쩔 수 없었지만, 스스로를 너무 옭아매거나 억제하면 나중에 너만 고생해. 그러다가 대머리 된다."

돈을 아끼다, 너무 스트레스 받아서 대머리가 된다는 말인가 싶었다. 가만 생각해보면, 일을 하면서 힘든 만큼 통장의 잔액을 중요시 여기곤 했다. 내 노력의 결과라고 받아들이면서 말이다. 힘들수록 돈을 쓰면서 스트레스를 푸는 사람도 있지만, 나는 그런 유형이 아니었다.

"네가 일 좀 한다고 지금 이딴 의견을 제시하는 거냐? 네가 뭔데?"

한 번은 직장에서 상사와 불화로 인해서 인격을 모독하는 말을 들은 적이 있었다. 당시에는 그 말을 어떻게 해서든 흘려버릴 수밖에 없었다. 여러 가지 말을 들으며 사회생활을 해왔지만, 두 눈을 마주한 채 똑바로 나를 헐뜯는 말을 듣는다는 건 단순히 자존심이 구겨지는 일이 아니었다. 결국 그 일은 직장을 그만두는 계기가 되었고, 오랫동안 머릿속에서 지워지지 않았다.

유독 그날은 집에 들어가는 게 힘이 들었다. 그래서 괜히 주변을 서성이며 시간을 흘려보냈다. 그러다가 옛날 통닭처럼 한 마리씩 통째로 튀기는 치킨집을 발견했다. 기름기가 많아 보였지만, 구수한 냄새의 유혹을 뿌리치지 못했다. 치킨을 사가면 저녁도 가볍게 해결하고 가족들도 좋아할 것 같았다. 그렇게 난생 처음 퇴근길에 치킨을 사 보았다.

하지만 집에는 이미 누군가가 나와 똑같은 치킨을 사 온 사람이 있었다. 아버지셨다. 아버지도 그러셨겠지만, 설마 퇴근길에 같은 곳에서 똑같은 치킨을 사올 줄은 생각도 못했다.

"미리 연락하고 올 걸 그랬나."

나는 치킨을 나란히 두고, 내 방 소파에 기대 누웠다. 그렇게 저녁 식사는 1인당 치킨 한 마리씩, 포장지를 뜯듯이 치킨을 뜯어먹었다. 동생과 함께 예능 프로그램을 보고 깔깔 대면서 치킨을 맛있게 먹었다.

TV 때문에 웃음이 나오기도 했지만, 괜히 입꼬리가 슬렁슬렁 올라갔다. 여전히 직장에서 들었던 말이 머릿속에 맴돌았지만, 가족의

화목한 분위기에 묻혀 조금은 잊을 수 있었다.

그리고 그날 밤, 아버지는 내게 물으셨다.

"요새, 일 힘드냐."

그 한 마디만 하셨을 뿐인데, 어쩨 무언가 의미가 있는 것처럼 들려왔다.

"왜요?"

"아니, 그냥 평소에 이런 거 잘 안 사왔던 터라, 또… 뭔가 힘들어 보이기도 해서."

"그냥, 다같이 먹으면 좋을 것 같아서… 내 얼굴이 그렇게 보여요?"

"아니, 그냥. 그런 거 같아서. 쉬어라."

아마 아버지도 나와 같은 마음이셨던 듯하다. 그래서 나에게 그런 말을 한 건 아닌가 싶어서 되짚어 보았다.

아버지는 늘 말씀하셨다. 한참 돈이 필요할 때는 담배도 필 수 없어서 길에 버려진 꽁초라도 주워서 피고 싶었는데, 그걸 주우려는 자신의 모습을 생각하니 너무 한심해 보였다고. 그런 때는 가족을 생각하셨다고 했다. 그렇게 버텨왔다고 했다.

그래서 힘들 때마다 전화를 해서, "뭐 먹고 싶은 거 없냐?"라고 물으셨던 것 같다.

내가 정신적으로 힘들어서 집으로 돌아가는 길에, 가족을 생각하며 치킨을 샀던 것처럼. 신발을 받으면 좋아할 조카나 누나를 생각

하는 것처럼. 누군가가 나로 인해 기뻐하는 모습을 보면서 스스로 위로가 되는 것 같았다. 그게 아버지의 마음이었고 나 또한 그랬다. 그걸 이미 알고 계셨기에, 나에게 무슨 일이 있는 게 아닌지 느끼고 걱정이 되셨던 걸까. 자신이 힘들수록 더 그런 마음이 강해지는 모양이셨다.

"아빠, 올 때 치킨!"
어린 시절, 아빠에게 자주 말하곤 했다.
아버지는 아직도 퇴근길에 가끔 말도 없이 치킨을 사오시곤 한다.
아직 부모가 되어보지 않아서 아버지의 마음을 제대로 이해할 순 없었다.
하지만 사랑하는 사람들에게 무언가를 해주면서 행복을 느낄 수 있다는 것을 알게 되었기에. 아버지가 사오는 치킨이 얼마나 값진 것인지를, 아주 조금은 알 것 같다.

한눈에 반한
인연이란

TV나 드라마, 소설에 보면 급작스럽게 한 사람에게 반하는 경우가 있다. 그 계기가 외모일 수도 있고, 사소한 행동 하나가 될 수도 있다. 그때 사람들은 그렇게 말한다.

"한눈에 반했다."

그런 경우가 그다지 흔할 거라고 생각하지 않지만, 의외로 흔하게 할 수 있는 말이기도 했다.

20대 남녀를 주 대상으로 운영하는 술집에만 가 봐도 이성에게 접근하기 위해서 "아까부터 보고 있었는데, 한눈에 반했어요."라는 말을 쉽게 하곤 하니까.

그런 경우를 가볍다고 여길 수도 있지만, 그만큼 자신의 마음을 잘 표현하면 인연을 쉽게 이어나갈 수 있다.

하지만 그렇게 표현하지 못하는 사람들이 있다. 이성에게 마음을 표현하지 못하는 것이 익숙해져, 사랑에 빠지는 것 자체가 어려운 사람들 말이다. 시간이 갈수록 오히려 그런 상태에 더 익숙해져서 어떤 것이 타인에게 반하는 건지, 반하는 것 자체가 뭔지 잊어버리는 경우도 있다.

*

한 남자가 있다. 그는 수능시험을 두 번 더 치르면서 2년 늦게 대학에 입학했다.

"군대도 다녀와야 하고, 졸업하면 스물일곱 살이라 휴학도 못해. 바로 취직해야 해."

그런 생각에 스스로 여유 없는 학교생활을 보냈다. 다행스럽게도 졸업하기 전에 취직할 수 있었지만, 자신이 원하던 공기업에 취직하지 못해 아쉬움은 남아 있었다.

그래서 그는 결단을 내렸다. 평일에는 회사 일을 하고, 주말에는 도

서관에서 공부하며 공기업으로 이직을 준비해야겠다는 계획. 하지만 끝내 이직에 성공하진 못했고, 2년이 더 지나 스물아홉 살이 되었을 때는 회의감마저 느끼기 시작했다.

"대학 다닐 때 방학 동안 아르바이트하고 모은 돈으로 여행을 가볼까 생각한 적 있었거든?"

우리는 술집에서 생맥주를 마시고 있었다.

"어디로 갔는데?"

"못 갔지. 그 돈을 모두 등록금으로 썼으니까."

"다른 데 여행은?"

"한 번도 못 가봤지. 생각해봐. 중고딩 시절부터 학교나 학원에서 새벽까지 공부하고, 나는 원하는 대학에 못 가서 2년이나 더 공부했고, 대학에 들어가니 더 여유가 없었고, 더 나이 들기 전에 취직은 해야겠고, 도대체 로망이란 걸 느낄 여유가 하나도 없었어."

"그렇지. 난 네가 여자 친구 있는 걸 한 번도 본 적이 없어. 게이가 아닌가 싶을 정도로."

"게이였어도, 너무 바빠서 게이랑 만나지도 못했을 걸?"

그는 흔히 말하는 모태솔로였고, 그 상태로 거의 30년을 채워가고 있다. 원했던 대학 캠퍼스의 로맨스는 이뤄본 적도 없고, 소개팅이나 과팅조차도 해보지 못한 모양이었다.

그를 위해 소개팅을 주선해 보려고 했다. 하지만 상대편 이성을 보여주면 자기 스타일이 아니니 어쩌니 하면서 거절했고, 누군가와 만나보기 위해 적극적으로 나서지도 않았다. 소개팅을 하는 것도 낯설고 경험이 없었기 때문에 거부감마저 드는 것 같았다.

"사실은 나, 누군가한테 한눈에 반하는 그런 감정을 느껴보고 싶었거든."

경험이 없었기 때문인 걸까, 오랫동안 그런 감정을 느껴보지 못하다 보니, 그저 그리워하고 동경하는 마음뿐이었다.

사실 그건 말이 안 되었다. 지금 해야 할 일이 많기 때문에 다른 사람과의 인연은 포기했으면서, 운명처럼 사랑하는 상대가 나타나길 바라는 모순된 마음이니까. 그러면서 갑자기 안 보던 드라마를 챙겨보고, 로맨스 소설을 찾아 읽었다. 자신이 실제로 느껴보지 못한 감정을 그렇게라도 대리체험을 해보고 싶은 것 같았다.

"남들 다 하는 연애를 못하고 있다는 게, 내가 정말 어디가 이상해서 그런 건 아닌가 싶고. 어쩌면 꼴에 맞지도 않게 드라마 같은 만남을 꿈꾸고 있어서 이러는 게 아닌가 싶기도 하고."

계속 그런 말을 늘어놓는 그가 비운의 주인공마냥 짜증이 났다.

"야. 네 꼴을 봐. 네가 그렇게 잘난 것도 아닌데, 운명적인 인연이 생기길 바라면 최소한 평소에 관리라도 좀 하든가."

그의 얼굴에는 여기저기 빨간 여드름이 올라오고 있었고, 정리되지 못해 덥수룩한 머리카락에, 언제 산 건지 알 수 없을 정도로 칙칙한

옷까지. 대체 누가 이렇게 깔끔하지도 않는 사람을 먼저 좋아할 수 있겠냐고 돌직구를 날렸다. 하지만 돌아오는 답은 이랬다.

"야. 보여줄 사람이든 우연히 마주칠 사람이든 아무도 없는데 뭐 하러 그렇게까지 관리를 해?"

"그렇게 생각하지 말라는 거지."

"아니 진짜로. 내가 일하는 곳만 해도 다 남자들뿐이고, 여자 자체를 마주칠 곳이 없는데 그런 곳에서 내가 뭐 하러 관리를 하겠어?"

그는 그런 선입견을 갖고 있었다. 사람이 시간이 없어서 연애를 못하거나 못 만날 수도 있겠지만, 확실히 누군가와 인연을 맺지 못하는 데는 분명 문제가 있는 법이라고 생각한다. 지금 이 녀석의 생각은 운명의 상대가 호박이 넝쿨째로 들어오길 바라는 것과 다름 없었다.

하지만 그런 걱정을 비웃기라도 하듯, 그는 어느 날 피자를 사준다며 만나자더니 자신의 고민을 털어놓았다.

"어떻게 하면 좋아한다고 말을 할 수 있을까?"

그렇게 갑작스럽게 말이다.

"뭐?"

그는 자주 가는 카페의 새로 들어온 직원에게 한 번에 마음이 끌렸다고 했다. 그저 외모가 이상형이라는 게 문제가 아니었다. 어느 날 찾은 단골 카페에서, 그저 환하게 미소를 지으며 반겨주는 모습에,

자신의 몸이 녹아 버리는 것 같았다고 했다.

"…사춘기는커녕 갱년기도 아닐 텐데. 유난히 감성적이네…."

"아, 진짜?"

그녀의 이야기를 하는 그의 입가에는 행복한 웃음기가 잔뜩 묻어나 있었다. 자신이 얼마나 환한 얼굴을 하는지 자각하지 못할 정도로 그 사람을 머릿속에서 좋게 그리는 모양이었다.

그 상대가 어떤 사람인지는 모르겠지만 사람을 이렇게 녹일 정도로 첫인상을 남겼다는 건, 최소한 그 친구의 입장에서 크게 감명 받았을 무언가가 있었을 거라고 생각했다. 그렇지 않으면 이렇게까지 좋아할 리가 없었다.

이제는 서로를 확실히 인식할 정도로 다가갔다고 하는데, 하루빨리 빼빼로 데이라도 와서, 그 기념일을 핑계 삼아서라도 고백해보고 싶다고 했다.

그는 무척 조급해하면서, 조금이라도 빨리 그녀의 마음을 얻고 싶은 생각만으로 가득 차 있었다. 며칠 전만 해도 사랑에 빠져보는 게 뭔지 궁금해서 허덕이던 녀석이.

"뭐가 그렇게 좋았는데?"

"별거 없어. 그냥 보자마자, '우와~' 뭐 이런 느낌?"

"그 사람이 그냥 멀뚱멀뚱 있었던 것도 아니었을 테고. 뭔가 포인트라는 게 있었을 거 아냐?"

"음, 웃는 게 진짜 이뻐!"

그녀를 생각하는 것만으로도 모든 게 행복해 보였다. 완전히 빠졌다는 말밖에는 따로 설명이 어려웠다. 매일 아침 7시에 일어나 버스를 타고 회사에 출근하고, 오후 6시에 퇴근하고 7시까지 밥을 먹고, 오후 9시 반까지 헬스장에서 운동하며, 10시까지 씻고 침대에 누워 예능 프로그램을 보고 잠이 든다. 그리고 다음날 아침 7시에 기상하고 회사 갈 준비. 매일매일 똑같은 그의 일상이었다. 그런 그의 일상에 그녀가 나타났다.

그가 예전에 했던 말이 다시 떠올랐다.

"야. 보여줄 사람이든 우연히 마주칠 사람이든 아무도 없는데 뭐 하러 그렇게까지 관리를 해?"

그 말은 결국 스스로에게 후회로 돌아왔다. 자신이 그녀를 보고 받았던 첫인상과는 달리, 자신의 모습은 최소한의 깔끔함도 없었기에 좋지 못한 첫인상을 주지 않았을까 하는 후회로 말이다. 이제야 평소 관리의 필요성을 느낀 모양이었다.

"나, 그래서 어제께 파마도 했잖아."

그러면서 자신의 머리카락을 집어 들었다.

처음 보는 그의 볼륨감 있는 머리 스타일이었다. 항상 정수리 부분부터 축 가라앉아서 지저분해 보였는데, 색다른 느낌이었다.

'누군가에게 보여줄 일도 없다. 누군가가 나를 바라봐 줄 일도 없다.'는 생각으로 굳어져 있던 그는, 한순간에 반한 그녀에게 잘 보이고 싶어서, 하루아침에 자신을 가꾸기 시작했다.

"이럴 줄 알았으면, 진작 관리도 좀 하고 그럴 걸."

"이제 와서 뭘. 지금이라도 잘 해봐. 네 첫인상을 어떻게 받아들였을지, 그 사람의 마음을 네가 어떻게 알아."

"그렇게 생각해야지. 야, 근데 이 머리 나한테 어울려? 처음이라 너무 어색하다."며 틈만 나면 거울을 보곤 했다. 그 친구는 그렇게 변해가고 있었다. 애초부터 그런 모습이 필요했다.

"괜찮은데, 뭘."

*

어떤 사람이 자신의 매력을 어필하지 않는 이상 타인에게 호감을 얻을 수 있을까? 그가 반한 그녀는 원래 안내 서비스직을 했던 여성이었다. 이미 누군가에게 상냥하고 따뜻하게 대하는 것에 익숙한 사람이었다. 그렇기에 그 녀석의 모습이 깔끔하지 못했다고 한들, 그걸 신경 쓰며 보인 미소는 아니었을 것이다.

그녀의 입장에서는 '손님 접대용 미소'라는 것을 발산했을지 모르겠지만, 한 사람의 마음을 빼앗을 정도로 그 미소가 거짓된 것이라고는 생각하지 않았다. 연애 감정이 굳어갈 정도로 심장이 딱딱했

누군가에게 한순간에 반하거나

그런 감정을 받기 위해서는

사소하더라도 평소의 준비가 필요하다.

던 친구를 바꾸었을 정도니까. 아마 평소에도 그런 미소를 잘 짓는, 웃는 얼굴이 익숙한 사람이었으니 자연스럽게 다른 사람의 마음에 영향을 줄 수 있었을 것이다.

사람은 누구나 남에게 마음을 주는 것도 빼앗기는 것도 쉽게 허락하지 않는다. 누군가에게 한순간에 반하거나 그런 감정을 받기 위해서는, 사소하더라도 평소의 준비가 필요하다. 그런 준비 자체가 운명적인 만남을 만들고 이어나가게 만든다.

그게 인위적인 방법이라 할지라도.

그런 게 필요하다.

사랑이 노력한다고
이루어지진 않는다

열 번 찍어 안 넘어가는 나무가 없다는 말이 있다. 아무리 변하지 않는 마음을 가진 사람이라도, 계속 시도하고 노력하면 결국 마음이 변하게 된다는 뜻이다. 분명 노력하면 사람의 마음도 얻을 수 있다는 메시지 같다.

하지만 백 번 찍어도 안 넘어가는 단단한 나무도 있다. 애초에 사랑이라는 게, 내가 그 사람에게 빠진 만큼, 그 사람도 나에게 빠지게 만든다는 게 절대 쉬운 게 아니다. 내가 아무리 노력한다고 해도 사랑이 성공적으로 이루어지는 건 아니기 때문이다.

*

마음 편히 좋아할 수 없었던 사람이 있었다. 그녀를 보자마자 한눈에 반해버렸지만 그녀는 이미 애인이 있었기에, 나는 표현을 할 수도 없었고, 그저 멀찍이서 바라보기만 했다.

그렇기에 마음을 빨리 정리하는 게 일반적이고 편한 방법이었다. 하지만 나로선 그저 그녀에게 마음을 뺏긴 거나 다름없었기 때문에, 그대로 돌려받는 것도 쉬운 건 아니었다.

두 사람이 함께 있는 모습을 보고 있을 때는 단순한 질투로만 끝나지 않았고, 마치 저런 모습이, 나의 모습이었으면 하는 마음으로 투영시키곤 했다. 그래도 정리해야 했다. 어떻게 해서든, 억지로든. 하지만 그런 노력은 의미가 없을 정도로 나의 여러 감정들이 요동치는 순간이 찾아왔다.

그녀가 그와 이별을 했다. 고민스러웠다. 이별 소식에 기뻐해도 괜찮은 건지, 그런 고민을 뒤로하고 그녀를 다시 좋아해도 괜찮은 건지. 아니 애초에 진짜로 마음을 정리하려고는 했던 것인지. 하루하루 그녀에 대한 호감을 합리화시킬 이유를 찾았다. 머릿속에는 온통 그녀 생각뿐이었다.

복잡했던 나와 달리, 그녀는 우울하기는커녕 속 편하게 전 애인의 이야기를 서슴지 않고 말하곤 했다.

"9개월 정도 사귀었지? 그래도 그동안 만났던 사람들 중에선 제일 좋아했는데."

그녀는 술을 찾는 날이 많아졌다. 원래 술을 좋아하기도 했지만, 분명 이별 때문에 그러는 거라고 생각했다.

"아니, 왜 자꾸 전 남친 얘기를 해." 나는 그렇게 물었다.

"응? 이제 미련이 없다 보니까 편하게 말하는 거지."

자신이 괜찮다는 것을 어필하려고 그런 말을 하는 건지 모르겠지만, 나로선 그녀의 전 남친에 대해 자꾸 알게 되는 게 조금은 불편했다.

"깐깐하기는, 우리 회사 안에서 잘 마주치지도 못하는데, 이렇게 보는 것도 반갑고."

그녀는 말이 끝날 때마다 술잔을 채웠다. 분명 이 속도는 내 주량을 넘어설 거란 생각이 들었다. 그래도 그런 약한 모습을 보여주고 싶지는 않았다.

"나중에 술 마시고 싶은데, 정말 마시고 싶은데, 같이 마셔줄 사람이 없으면 불러. 어울려줄게."

"뭐냐, 술도 잘 못 마시면서, 뭘 그렇게 신경 써주냐."

역시 잘 마시는 사람은 못 마시는 사람을 알아보는 모양이었다.

"신경 쓰이니까, 그렇지."

"그러냐."

"그래."

순간 괜히 의욕이 생기기도 했다. 앞으로 술을 많이 마셔서 주량을 늘려야겠다는 의욕. 나는 가만히 있는 술잔을 계속 내려다보았다.

12시가 되어갈 쯤, 그녀는 자리에서 일어났다.

"집에 가야지. 졸려."

그녀는 술값을 계산하고 건물 밖으로 걷기 시작했다. 얼마나 마신 건지, 이미 주량을 뛰어넘은 듯 앞으로 똑바로 걷지 못하고 있었다. 그녀가 바로 걷도록 잡아주었고, 택시에 태우며 말했다.

"다음에 또 보자."

그리고 털썩, 택시의 뒷좌석에 쓰러지듯 앉은 그녀 또한 나를 바라보며 말했다.

"그래. 또 봐."

그 모습을 끝으로 몇 주가 지났다. 그녀를 한 번도 보지 못한 약 한 달간이 정말로 지루했다. 톡 한 번 없을 때나 답장 한 번 받지 못했을 때는 섭섭하기도 했고, 괜히 귀찮게 구는 건 아닌가 하는 생각도 들었다.

그래도 계속 그녀에게 다가가 보기로 마음을 먹었다. 어차피 먼저 좋아하고, 더 좋아하는 사람이 지는 거니까. 그녀를 좋아하고 정식으로 사귀고 싶은 마음에 자존심 따위는 방해물에 불과했다. 분명 노력이 필요한 거라고 생각했다.

그녀와의 만남은 계속 술 약속으로 이루어졌다. 한 달 동안 보지 못한 만큼, 그녀는 지난 일들에 대해 이야기하곤 했다.

"아오. 진짜 인간들. 대체 언제까지 텃세를 부리는 건지"

"이쪽으로 온 지 수개월이 지났는데. 아직도 그래?"

"그냥 완전히 밟으려고 그러는 거 같던데. 끝날 기미가 안 보여."

그녀의 지워지지 않는 스트레스였다. 그것 때문에 술도 못 끊는 거라고 하지만, 그렇게 신빙성이 있는 얘긴 아니었다. 만나면, 늘 그녀는 자신의 그런 이야기를 했고, 나는 다 받아주며 같이 웃고 떠들어주는 편이었다.

내 이야기도 가끔 했지만, 그녀의 이야기를 듣는 게 그녀에 대해 알아가는 것 같아서 더 좋았다. 그녀는 역시 12시 무렵이 되자, 먼저 자리에서 일어났다.

"아쉬워 벌써 열두 시~."

그녀는 유행하는 노래를 부르기 시작했다.

"어떻게 벌써 열두 시네~."

그렇게 흥얼거리며 히죽 웃어댔다. 그러면서 흥이 생긴 건지 다음에는 노래방도 가자고 말했다.

"통금만 없으면 더 노는 건데. 우리 엄마는 내가 이렇게 나이를 먹

었는데도 안 놔주네."

"그래 그래."

그녀를 부축해서 택시에 태웠다. 어째 같이 마시는데 늘 더 취하는 건 그녀였다. 그녀를 보내면서 다시 이렇게 말했다.

"다음에 또 보자."

그녀는 손을 흔들었고, 나는 그녀가 탄 택시가 사라지는 것을 바라봤다. 그리고 톡이 하나 돌아왔다.

"그래. 다음에 또 봐."

그게 계기였는지 모르겠다. 그녀와의 연락이 점점 늘어나기 시작했고, 만나면 만날수록 반가워하는 것처럼 보였다. 술 마시고 싶을 땐 항상 나를 찾는 것도 그렇고. 결국 그녀 또한 나를 친근하게 생각하고 있는 것 같아서 기분이 좋았다. 내 주량이 늘어가는 것도, 그녀의 마음을 얻으려고 노력한 결실로 느껴져서 뭔가 안도감이 들기도 했다.

언젠가 출근길에 액세서리용품점과 꽃집을 보면서 그런 생각을 한 적이 있다.

'걔는 이런 거 좋아하지 않을까?' 그녀에게 선물을 하고 싶어졌다. 반지는 호수도 모르겠고 너무 앞서나가는 것 같았다. 목걸이도 마찬가지였다. 그냥 평범하게 꽃을 사볼까 했지만, 그것도 별로였다. 나는 한동안 그런 가게들 앞에서 서성이다가 다음으로 미루기를

반복했다. 그건 나대로 설렘이 묻은 행복한 고민들이었다.

하지만 그녀는 이미 알고 있었다. 내가 그녀에게 어떤 마음을 갖고 있었는지. 내 마음을 확신한 그녀는 먼저 나에게 다가왔다.

"내가 좋아했던 사람은 너랑 직업도 같고, 목소리도 비슷했어. 그게 전부는 아니야. 이기적이었던 그 사람에게 바랐던 이타심이, 너에게 있는 걸 보고 그 사람을 떠올리곤 했어. 미안해."

그녀는 아무 말도 못 하고 있는 나에게 잠시 한숨을 쉬며 이어 말했다.

"그 사람을 잊기로 했던 만큼, 너를 보면 또 그 사람이 떠올라서, 남자로서 널 좋아할 수는 없을 것 같아."

그녀는 여전히 힘들어 하고 있었다. 직장 동료들을 핑계 삼아, 지점을 옮기고, 적응 문제를 핑계 삼아 이리저리 화를 내며 그토록 취하도록 마셨던 게, 사실은 그 사람을 잊기 위한 몸부림이었던 것이다.

"미안해. 나, 아직도 많이 힘든가 봐."

슬픈 예감은 빗나가지 않는다고, 그렇게 그녀는 자신의 마음을 확인시켜주었다.

나는 중요한 한 가지를 잊고 있었다. 이전에 그녀가 사랑하던 남자. 그 남자가 부러워서, 그 남자처럼 되고 싶어서 그 사람을 따라 한 적이 있었다. 질투심도 있었고, '저 남자보다 내가 더 나은 것도 많은 것 같은데' '내가 더 잘해줄 수 있을 것 같은데'라는 생각도 있었다.

그녀가 말했던 것처럼, 나 또한 그 사람과 닮은 모습이 있다는 생각에 그 사람을 흉내 낸 건 아니었는지. 그러면 그녀의 마음을 얻을 수 있을 거라고 믿었던 모양이었다.

그 이후로도 출근길에 꽃집과 액세서리용품점 진열대를 보았다. 하지만 이전처럼 더 이상 설레지 않았다. 나는 대체 그동안 무슨 노력을 했던 걸까.

나는 그녀에게 톡 하나 보낼 수 없었다. 노력하면서 많이 좋아하고, 그녀를 배려한다면, 사랑이 이루어지지 않을까 생각했지만 아니었다. 짝사랑에서 사랑으로 바뀐다는 건 이어지는 것이 아닌, 변하는 것이기에 나 혼자 아무리 노력한다고 한들, 그녀까지 바뀌는 것은 아니었다.

애초에 사랑이라는 건 혼자 하는 게 아니니까.

이별과 외로움
그 연애의 끝

이별을 겪은 이후, 그것이 좋든 나쁘든 가슴 속에 뭔가 박힌 게 빠지지 않은 듯 답답했다. 그런 감정들은 나만 느끼는 건지, 그 사람도 느끼는 건지, 혼자 괴롭지 않기를 바라고 있었다.

외로워지는 것 같기도 했고, 괜히 우울해지는 것 같기도 했고, 화가 나기도 하며, 그저 울고 싶기도 했다. 나는 그런 감정들을 외면할 수 없었다. 외면이 답은 아니었기 때문이다.

빗물은 땅을 계속 내리치고 수천 수억 번을 내리쳐 구멍을 만들고

빗물이 고인다. 그리고 그 고인 물은 이내 썩어간다. 이별의 아픔은 그런 구멍을 만드는 거나 다름없었다. 그리고 아프지 않으려면 썩기 전에 고인 물을 퍼내야 한다.

혼자 있을 때마다 그런 느낌이 든다. 괜히 멍하게 뭔가를 하곤 있는데, 뭘 하는지 모르겠고, 유유자적 천천히 시간을 보내는 경우가 잦았다. 점점 애늙은이가 되는 것 같았다.

그래서 지금의 내 마음이 어떤 건지 갈피를 잡지 못해서, 글로 표현하면 어떨까 싶었지만, 온통 알 수 없는 나만의 감성적인 이야기들 뿐이었다. 다른 사람이 봐도, 내가 다시 봐도 내 마음이 어떤지 도저히 알 수 없는 감성만 잔뜩 담긴 글로 가득했다.

그건 나를 위한 것도 누구를 위한 것도 아니었다. 나에게 이별은 괜히 싱숭생숭하게, 정신 차리지 못하게 만드는 그런 것이었다. '이별'이라는 녀석이 내 옆에서 계속 알짱거리는 게, 무슨 밀당을 하는 것 같았다.

"이건 무슨, 할 게 없어서 이별이라는 거랑 연애하나?"

괜히 어이없이 웃곤 했다.

*

둘과의 시간을 갖다가 혼자만의 시간을 갖게 되니 여유가 많아졌다. 스스로에게 여유를 주고 싶었다. 그 사람을 위한 나의 행동에는 늘 조급함이 있었기에 아쉬움도 남았었다. 그 사람에게 잘 보이고 싶어서 항상 예쁘게 차려입고 싶었고, 화장에 신경 쓰면서 그의 자랑거리가 되려고 했다.

되돌아보니 "나의 연애는 나를 위함이 아닌 그 사람을 위한 거였다." 그런 식으로 나를 위로하며, 지금의 여유가 소중함을 느끼고 싶었다.

언제부터인가, 그가 나를 떠나버렸던 것처럼, 이별 또한 나를 떠나버렸다. 이별도 그 사람도 한순간에 멋대로 떠나버렸다. 그걸 느낄 수 있었던 건 두 가지였다.

하나는 더 이상 그 사람과의 추억에 감정이 생기지 않았고, 또 하나는 더 이상 혼자만의 시간을 갖는 게 즐겁지 않다는 거였다. 나는 이별이란 녀석을 떠나보내고 외로움을 만나버렸다.

조금은 두려웠다. 누군가와 함께 한다는 게 얼마나 행복한 것인지 알기 때문에, 혼자서 무언가를 하는 게 거부감이 들면서 다시 우울해졌다. 마치 누군가와 이별을 한 것처럼 말이다.

그 사람과 이별을 하고 이별과 새로운 연애를 했더니, 그 이별과도 이별을 했다. 이제 외로움과 연애를 해야 할 위기에 처해 있었다.

"다시 사랑할 수 있을까?"

그게 제일 무서웠다. 거짓말처럼, 드라마처럼 누군가와 인연이 생기지 않을까 했지만, 그런 일은 없었다. 그런 일을 바랐지만, 일어나지 않았다. 누군가를 좋아하고 싶었지만, 그렇게 나는 외로움과 1년간 연애를 했다.

그 1년은 나를 비관적으로 만들었다. 다시는 사랑이 다가오지 않을 것 같았고, 그 기간이 길어질수록 더 비관적으로 변해갔다.

"누가 나 같은 걸 좋아하겠어."

그렇게 그런 자신에 익숙해져 갈 때쯤, 기적이 일어났다. 1년 동안 외로움과의 연애를 깨버린 건, 한 사람의 고백이었다. 그 사람은 그저 나와 오랫동안 같이 일하는 직장 동료였을 뿐이었다. 솔직히 그 사람에 대한 어떤 특별한 감정도 없었다.

하지만 그의 마음이 나에게 전해지자, 마구 흔들렸다. 내 몸속의 장기들은 심장을 따라 진정하지 못했고, 어째서인지 머릿속에서는 괜히 그 사람을 거부할 이유를 찾고 있었다.

다시 이런 생각에 사로잡혔다.

'누가 나 같은 걸 좋아하겠어.'

외로움에 익숙해지다 보니, 연애를 하면 안 된다라는 철벽을 만들고 있었다. 그는 그런 나를 향해 다시 고백했다. 그 사람의 재차 고백에 온몸의 두근거림이 정지되었다.

"예전부터 좋아했어요. 꽤 오래전부터. 근데 혼자 바라보는 게 익숙해지다 보니 이 말을 하기까지 너무 오래 걸렸습니다."

그 말을 하는 동안 그는 숨을 쉬지 않는 것처럼 보였다.

그는 나보다 더 오랜 시간 외로움과 연애를 하고 있었다. 그 사람에게 동정을 느끼는 게 아니었다. 안쓰러움에 그를 받아들인 것도 아니었다.

나 스스로 사랑받을 수 없는 사람이라고 느끼고 익숙해진 것처럼, 그 사람도 내가 받아주지 않을 거라며 스스로 만든 외로움에 한때는 지고 있었지만, 이제는 그 시간을 싸우며 온전히 이겨냈다. 고백하려던 게 너무 오래 걸렸다는 말이 그런 것을 뜻했다.

나의 두근거림은, 나도 먼저 사랑받을 수 있는 사람이었다는 행복감이었고. 순간 두근거림이 멈췄던 건, 나에게 다가오려고 하기까지 그 사람의 외로운 싸움이 얼마나 고되었을지 느낄 수 있었기 때문이었다. 그로 인해서 내가 사랑받을 수 있구나 하는 마음이 강하게 와 닿았고 간절해졌다.

외로움과의 연애는 그렇게 자신의 가치를 망가뜨리고 있었다. 그 사람과의 연애에서 이별하고, 이별과 연애했다. 그리고 이별과 이별하며 외로움과 연애를 했다. 우스운 이야기이고 표현일지 모르겠지만, 정말로 그랬다. 그 과정 속에서 나도 모르는 만큼 굉장히 지쳐 있었기에, 내가 누군가로부터 과연 사랑받을 수 있을까 하는 생각을 가슴 속에 두고 있었던 것 같다.

그렇게 사랑받을 수 있다는 게 얼마나 행복한 일인지 알기에 그 사

람이 더 소중해졌다. 사소한 것 하나까지도 웃으면서 들어주는 사람을 마주한다는 것이 얼마나 행복한 것인지, 처음 느끼는 것마냥 행복했다.

하지만 다시 이 사람과 똑같이 이전의 절차를 밟을까 봐 두렵기도 했다. 한편으로는 이 두려움으로 인해 사랑에 대한 소중함을 더욱 더 알게 된 때문인지, 이 사람과의 사랑을 더 간절하게 느낄 수 있었다. '두근두근' 심장 소리가 더 선명하게 들리는 것처럼.

"당신은, 나의 어떤 점이 좋았나요?"

나는 그런 질문을 좋아한다. 그러면 그 사람은 웃으면서 나의 장점은 이런 것이라며 이것저것 말해준다. 나는 그 사람의 말로 인해 얼마나 좋은 사람이 될 수 있는지, 얼마나 사랑스러운 사람이 될 수 있는지 깨달았고, 또 행복함을 느꼈다.

그리고 나도 그에게 말한다.

내가 왜 그 사람을 사랑하는지. 끝까지 서로의 마음을 보여줄 수 있는, 그런 솔직한 사랑을 하고 싶다고.

사랑은 싫어하는 것도
좋아하게 만든다

나를 좋아하던 그녀는 그렇게 말했다.

"나는 밀당 같은 거 할 줄 몰라. 좋으면 좋은 거고, 싫으면 싫은 거지. 어렵게 연애할 줄 모르거든. 좋아하니까 표현하는 거고, 귀찮게 수 싸움 하는 것도 싫어."

당돌하다 싶을 정도로 그렇게 저돌적으로 나에게 좋아한다고 표현해주는 사람은 처음이었다.

연애에는 밀당이 필요하다는 말을 듣고 의아해했던 편이지만, 애정의 표현이라고 한들, 그게 너무 일방적이면 얼마나 부담스러운지도 느낄 수 있었다. 부담을 넘어서 질색하게 만들기도 했으니까.

무엇보다 그녀는 담배와 술을 좋아했다. 매일같이 술을 마시고 연속으로 며칠 동안 마셨는지 기록을 세우기도 했고, 하루에 한 갑 정도 담배를 피우기도 했다. 가뜩이나 싫어했던 담배였는데, 그녀까지 피우니 더 거리를 두게 되었다.

술은 잘 못하더라도 술자리 분위기는 좋아했기에 어울리려고 했지만, 그녀가 함께한 자리는 늘 불편했다. 이 정도면 정말 싫다는 거나 다름없었다. 나를 좋아해주는데도, 반대로 나는 그 사람이 싫어지다니. 나를 좋아해준 감정에 그렇게밖에 돌려주지 못해 미안하기도 했다.

*

나는 밝은 사람들을 좋아했다. 밝은 사람들은 분위기를 즐겁게 할 뿐만 아니라 다른 사람들에게 활력을 주고, 기쁘게 만들었고 계속 보고 싶게 만들었다. 밝은 미소를 짓거나, 상냥하거나, 넉살이 좋거나 은근히 능글맞거나, 어린아이 같은 웃음소리를 내거나.

말수도 적고 사람들과 잘 어울리지 못하는 나의 성향과 다르지만, 그렇기에 맞춰 끼워 들어가듯 남들과 잘 웃고 친해지는 사람들에게 더욱더 끌리곤 했다.

강의를 듣고 집으로 돌아가는 길, 생각보다 일찍 해가 져서 벌써 주변은 어두워졌지만, 길가에 놓여 있는 가로등은 아직까지 불빛이 들어오지 않고 있었다. 초가을인데도 갑자기 쌀쌀해져, 입김을 불면 눈앞에 하얀 연기가 보였다.

길을 가다 보면 담배꽁초들이 바닥에 한두 개씩 버려져 있는 길목이 나온다. 그쪽에서는 단순한 입김이 아닌 지독해 보이는 연기가 불어왔다. 그 지독해 보이는 연기의 주인 중 한 명, 한 학년 아래 후배가 담배 피우는 모습을 보며 말했다.

"와 겁나 무섭네."

가로등 아래에서 담배를 피우고 있던 사람은 단둘이었다. 다른 한 명은 같은 학과 신입생이었다. 그 둘은, 그 말에 살짝 놀라는 반응을 보이면서도 고개를 돌리고 계속 담배를 피웠다.

나는 그대로 지나쳐 조금 앞서나가 그 녀석이 따라 오기를 기다렸다. 파란 유광점퍼를 입고 있었는데, 색깔 때문인지 바로 눈에 띄었다. 애초부터 신경 쓰지 않았지만, 같이 있던 다른 후배는 보이지도 않았다. 나를 지나치려는 그녀에게 말을 걸었다.

"다 피웠냐?"

"어? 엇?"

그녀는 깜짝 놀랐는지 어깨를 들썩이더니 입을 가리며 말했다.

"아, 왜 진짜, 담배 피울 때마다 봐요."

"가는 길에 네가 피우고 있는 걸 어떡하라고."

예전에는 다른 사람들이 담배를 피우고 냄새와 연기를 풍길 때는, 그저 고개 돌리고 빨리 그 냄새 나는 지역에서 벗어나고 싶었는데, 지금 눈앞에 있는 그녀는 그렇게 느껴지지 않았다. 그녀에게서는 여전히 담배 냄새가 났다. 금연한다고 다짐하면서도 4일을 넘기지 못하는 그녀였다. 그래도 그녀가 좋았다. 계속 좋아지고 있었다. 사실 이쪽 길이, 삥 돌아서 가는 길임에도 일부러 이쪽으로 오고 싶을 만큼.

그렇게 끔찍하게 싫어했던 담배 연기였지만, 그녀가 피우기에 괜찮았다. 참으로 좋아한다는 감정은 사람을 이렇게 불리하게 만든다.

그녀는 다른 사람들에게 관심 받는 것을 좋아했다. 아르바이트 할 때든, 동아리 활동을 할 때든, 술을 마시러 갈 때든, 다른 사람들을 웃기는 것을 좋아했고, 기대했던 만큼 주변 사람들이 자신으로 인해 기뻐하고 크게 웃는 것을 보면 만족스럽다고 했다.

"그거 관종이거든?"

"아니거든요. 그런 거랑 다르거든요."

"술만 마시면, 노래에 맞춰 춤을 추는 건?"

"분위기가 좋으니까?"

"학교 행사할 때마다 매번 먼저 나서는 건?"

"어? 내가 그래요?"

"네가 참가 안 한 행사가 있었어?"

"없을 걸요?"

"그러니까. 왜 그랬어?"

"다른 사람들 재밌어하는 걸 보면 좋으니까요."

"그거 관종 맞다니까?"

그런 이야기를 하면 한참 웃곤 했다.

그녀의 행동들은 나에게도 영향을 끼칠 만큼, 그녀는 그렇게 밝고 기분 좋은 사람이었다.

"오늘은 뭐 해? 과제 있어?"

"아뇨. 이젠 완전히 한가하죠."

"오늘은 술 마시러 안 가?"

"흠… 별로 생각이 없다고 할까?"

그녀 옆을 지날 때마다 강한 향이 나곤 했는데, 얼마나 강한 향수를 뿌렸는지, 고약하다고 느낄 정도였다.

"향이 좀 독한데." 담배 냄새까지 섞여서 그런지 더 코를 찔렀다.

"향수를 자주 쓰다 보니까. 싸고 용량 많은 걸 샀더니… 그래도 일단은 써야 해서."

"향수를 쓰지 말지 그랬어."

"에이. 담배 냄새 싫어하는 사람이 많으니까."

담배 냄새를 덮으려고 향수를 쓴 모양이지만, 오히려 뒤죽박죽 섞여서 더 고약한 냄새가 났다. 그럼에도 향수 산 돈이 아까워서 계속 사용한다는 얘기가 신경쓰였다.

"그럼 할 것도 없는데, 술이나~."

나는 술 한잔하자고 말을 꺼내려다가 멈추었다. 자연스럽게 주머니 안을 살폈는데 지갑이 없다는 것을 깨달았다. 순간 철컹했다.

"왜요?"

"나 지갑 놔두고 왔나 봐. 먼저 가."

"어디에서 잃어버렸는데요?"

"우선 학과 사무실로 가보려고. 별로 들린 데는 없으니까."

급한 마음에 가볍게 손 인사만 하고 다시 학과 사무실로 뛰어갔다. 다행히 학과 사무실에서 잘 보관하고 있었다. 현금이 있었던 건 아니었지만, 안심했다. 한편으로 그녀와 같이 시간 보낼 기회를 놓친 것 같아 아쉬웠다.

"애초에 지갑 안의 신분증이 없었으면 술도 못 마시는 걸, 뭐."

그렇게 스스로 위로했다. 기회 자체가 아니었던 모양이었다. 다시 그 길로 향했고 흡연 장소를 바라보았지만, 그녀는 보이지 않았다. 주변에는 담배 냄새가 여전히 남아 있었다. 그런 장소에 이렇게 머물고 있는 것을 보면 나도 참 놀랄 따름이었다.

이제는 그녀의 담배 향뿐만 아니라, 담배 향 그 자체에 대해 그리

거부감이 없어진 것 같았다. 그녀가 아무리 감추려고 해도 늘 났던 냄새였으니까. 거부감이 계속 들었다면 이렇게까지 그녀를 좋아할 리가 없었다.

휴대폰으로 연락이라도 해볼까 했지만, 오늘은 이만 집에 가기로 했다. 저녁 7시 반 무렵이라 주변 이자카야는 사람들로 가득했다. 가게 안을 구경하면서 버스 정류장으로 발걸음을 옮겼다. 오늘따라 사람은 왜 이리 많은지, 계속 사람들을 피하면서 앞을 걸었다. 그런데 그렇게나 많은 사람들의 틈을 지나, 한 가게 안에서 그녀의 모습을 발견했다.

가던 길을 멈추고 그 자리에 서서 안을 바라봤다. 그녀는 남자와 단둘이서 술을 마시고 있었다. 그 남자 또한 나의 후배였다.

"어? 왜 둘이서?"

어째 바람맞은 듯한 기분이 들었다. 남녀 단둘이서 술을 마신다는 것 자체가 뭔가 의심스럽기도 했다. '설마 저 녀석이 쟤를 좋아하는 거였나?' 싶은 생각에 사로잡혔다. 그런 녀석과 같이 있는 그녀도 괜히 미워지면서 패배감마저 들었다.

'아냐, 애초에 내가 술 마시러 가자고 말한 것도 아닌데. 술이야 다른 사람하고 마실 수도 있는 거지.'

스스로를 진정시키며 토닥였지만, 결론은 마찬가지였다.

"아, 거지같네."

괜히 스스로 찌질해졌다. 누가 찌질하다고 해도 어쩔 수 없다. 이미 더러워진 기분을 금방 되돌릴 순 없었다. 뭐가 됐든, 내가 좋아하는 사람이 다른 사람하고 단둘이 있는 건 보고 싶지 않았다. 거기에 술까지 사이에 두고 있으니까 말이다.

집에 도착했을 때도 온통 그녀 생각뿐이었고, 기분 전환을 위해 샤워도 해봤지만, 별 소용없었다. 그러다가 카톡 하나가 왔고, 바로 핸드폰을 확인했다.

[내일 아빠 생일인 건 알지? 케이크는 못 사줘도 전화 한 번 먼저 넣어주고 그래]

"하아."

나도 참 문제였다. 내일 아버지 생신인데, 그 와중에 그녀의 생일이 아버지 생신과 같은 날짜라는 게 떠올랐다. 아직 마르지도 않은 머리카락을 박박 긁어대며 주변에 물을 튀겼다.

"하아… 진짜 싫다. 이런 거."

그날은 잠을 제대로 자지 못했던 것 같다. 고민스러웠다. 내일 선물을 사줘야 할지 말아야 할지. 얄미운 그녀에게.

다음날 화장품 가게에 들어섰다. 분명 못마땅한 얼굴로. 하지만 전신 거울에 내 얼굴이 보이자, 그래도 잘 보여야겠다는 생각에 표정도 풀어보면서 옷과 머리 모양을 체크했다.

"하, 진짜!"

천천히 향수 진열대로 걸어갔다. 어제 그녀의 모습이 싫은 건 당연했다. 좋아하는 사람이 다른 사람과 단둘이 술 마시고 있는 것을 보고 기뻐할 사람은 없을 것이다.

하지만 섭섭해도, 아쉬워도, 어쩔 수 없었다. 애초에 그런 그녀다. 다른 사람이 쉽게 호감을 가질 정도로 밝고, 또 주목받고 싶어 하는 그녀다. 그렇기에 나도 그녀를 바라보고 있는 거니까.

나 혼자만 이런 마음을 품는 게 아닐지도 모른다. 내가 싫어하는 것을 좋아하면서까지 그녀를 좋아했다.

"나는 밀당 같은 거 할 줄 몰라. 좋으면 좋은 거고, 싫으면 싫은 거지. 어렵게 연애할 줄 모르거든. 좋아하니까 표현하는 거고, 귀찮게 수 싸움 하는 것도 싫어."

오늘따라 이 말이 왜 이렇게 맴도는지, 그때 그녀의 마음을 알 것 같았다. 그렇게 한참을 향수 진열대에서 고르고 골라 연한 보라색 향수병 하나를 집었다.

이게 미련한 건지는 아직 모르겠다. 이런 것도 상사병의 일종일지.

첫 만남에 내 소개는
어떻게 하면 좋을까

초등학생과 중학생 시절, 학년이 올라가고 새로운 친구를 만날 때마다 담임 선생님은 번호순으로 자기소개를 시키셨다. 그 시간이 모자라서 일부만 자기소개하고 다음으로 미루다가 생략하는 경우도 있었는데, 그럴 때면 늘 그런 마음이었다.

'제발, 내 차례는 오지 마라.'

속으로 중얼거리며 시간이 계속 흘러가기를 기다렸다. 그때는 그저 친구들 앞에 서서 나에 대해 뭔가를 얘기하는 게 익숙하지 않았고 부끄러웠다. 하지만 나를 소개하고 알린다는 것이 얼마나 중요하고 좋은 인연을 만들 기회가 되는 건지, 그때는 알 리가 없었다.

나를 누군가에게 소개한다는 것. 내가 어느 집단에 속하기 위해서든, 누군가와 만남을 갖고 싶어서든, 하나의 인연을 만드는 첫 단계다.

사람의 첫인상이 중요하고 깊게 남는다는 말처럼, 처음 본 사람에게 어떤 형태로든 나를 소개하는 것은 중요했다. 그건 어디에서나 똑같이 시작되는 것이고, 예외는 없었다.

사소하게 일하게 될 아르바이트든, 그토록 어렵게 구하는 직장에서든, 그 흔한 소개팅 자리에서도 자기소개는 필수다.

어떤 사람이든 누군지도 모르는 상대방과 마주하고 싶지는 않을 것이다. 그만큼 나를 소개한다는 건 어렵고 중요한 일이다.

누구든 항상 시간을 나누어 주는 것도 아니며, 자신을 소개한다고 해서 상대방이 나를 마음에 들어 하는 것도 아니다. 어떻게 해야 나를 잘 보여줄 수 있을까.

*

첫 데이트는 고등학생 때 이루어졌다. 수차례 고민 끝에 문자 메시지로 주말에 영화를 보자고 했는데, 그 문자 하나 보내는 게 뭐가 그리 어렵다고 지우고 다시 쓰기를 수차례 반복했다. 그런 내 마음을 모르는지 그녀는 장난인 줄 알았다고 했다.

"진짠데. 왜 거짓말이라고 생각해?"

"그야… 그런 말을 들은 적이 없었으니까."

그녀는 곧이어 좋다고 답했다. 그녀는 어떤지 몰라도 나는 분명 특별한 감정으로, 그녀와 시간을 보내고 싶은 마음이었다.

그날의 데이트는 정말로 단순했다. 밥을 먹고 영화를 보고 그 이후에는 게임센터에서 게임하는 게 전부였다.

하지만 그 과정에서 들었던 말이 꽤 신경 쓰였다.

"나, 이렇게 어쩔 줄 몰라 하며 서 있는 거 싫어."

영화를 보고 나와서 뭘 해야 할지 몰라, 길 한복판에 서 있다가 들은 말이었다. 심지어 게임센터 안에서는 순간 졸았다고 말했다.

그녀에 대해 아는 것이 많지 않았기에, 뭘 하든 그녀가 좋아하는 것을 해야겠다는 생각이 앞서 있다 보니, "이것을 하자. 저것을 먹자. 이걸 보자."가 아니라 '이걸 할까? 저거 먹자고 할까? 이걸 좋아하려나?' 이런 생각을 하며 주춤거렸던 거였다.

그녀와 함께 재미있는 시간을 보내고 싶다는 마음은 오히려 강박감으로 변해 있었다. 내가 좋아서 하는 것이라기보다는, 그녀가 좋아해주길 바라면서 무엇이든 해야 한다는 느낌처럼.

그녀에게 지루한 사람으로 취급받고 싶지 않았고, 어쩔 줄 몰라 하는 사람으로도 남고 싶지 않았다. 사귀고 싶었고, 마음을 계속 얻고

싶었기 때문에 좋은 모습만 보이고 싶었다. 그러다보니 내 모습을 보여주는 게 아니라, 그녀가 좋아할 법한 모습만 흉내 내고 있었다. 그녀를 집으로 보내고 돌아가는 길에 떠올려보니 대체 뭘 했는지 잘 기억이 나지 않았다. 다행이라고 해야 할지, '재미있었어. 다음에도 같이 놀자.'라는 문자를 받고 나니, 뭔가 위로받는 것 같은 기분까지 들었다.

'그녀는 내가 어떤 사람이라고 느꼈을까?'

그녀가 좋아할 만한 행동에만 신경 쓰고, 내가 어떤 사람인지는 제대로 보여주지 못한 것 같아 후회만 남았다.

좋아서 만난 것이고, 시간을 보내고 싶었던 건데, 뭔가 해줘야 한다, '해줘야겠다'라는 생각만 앞서다 보니, 이게 정말 데이트가 맞는 건지 도통 알 수 없었던 10대의 첫 데이트였다.

그런 옛날이야기를, 가끔 술에 취하거나 오랜만에 옛 친구들을 만나면 꺼내곤 한다. 그래서 그 시절의 이야기가 풋풋하다고 할 수 있는 건지, 그런 계기로 뭔가 더 생각하게 되는 건지 20대가 돼서는 조금 달라졌다.

"내일 소개팅 나가는데, 그 사람이 뭘 좋아하는지도 잘 모르니까 뭘 해야 할지 모르겠네. 밥 먹고, 영화 보고, 뭐 그런 거 말고 다른 건 없나?"

"뭘 또 하려고. 그냥 남들 하는 대로 해."

"아니, 뭐 좀 특별하게 해야 인상에 남지 않나?"

"인상을 남긴다는 게 뭐 특별한 게 있나?"

첫 만남에서 좋은 인상을 보여주고 싶은 마음은 당연하다. 별다른 목적이 있는 게 아닌 이상 말이다. 그렇다고 타인이 원하는 모습을 보여준다는 것도 쉬운 일은 아니며, 결국엔 거짓된 모습으로 이어질 수도 있다.

그럼 어떻게 하는 게 최선인 걸까? 그런 생각을 해봤다. 내가 어떤 사람인지 알려준다는 게 얼마나 어렵고, 중요한지 알기에.

"그냥 카페에 가든, 밥을 먹든 이야기나 많이 해라."

누군가와 함께 무언가를 하면서 시간을 공유하는 것보다는, 내가 어떤 사람인지 보여주면서 상대방에게 집중하고 싶었다.

"상대방이 어떤 사람인지도 잘 모르고 알려주지 않는데, 계속 만나고 싶겠냐?"

나를 숨기고 상대방이 좋아할 모습을 보여준다고 해도, 결국 본 모습은 드러나기 마련이다. 내가 어떤 사람인지 이해하고 받아들이는 사람이 계속 나를 만나게 될 거다. 그런 모습을 좋아하니까 말이다. 그런 인연을 만들 수 있는 기회가 주어진다는 건, 상당한 행운이다. 그렇기에 나는, 나 자신을 어떻게 보여줘야 할지 늘 고민하곤 한다.

혼전순결과
엄마의 빈소

엄마의 사망 소식은 그다지 갑작스러운 일은 아니었다. 6개월 전부터 건강이 악화되던 상황이었고, 이미 친척들과 이야기하면서 "더 이상은 엄마를 괴롭게 하지 말자"며 마음의 준비를 하고 있었다. 그런 결정을 내렸을 때는 수많은 감정이 교차했다. 그동안 행복했던 엄마의 모습과 이기적인 마음으로 엄마에게 상처를 줬을 때, 모두 떠올랐다.

하지만 이제는 그런 엄마 얼굴조차 보지 못한다고 생각하니, 어째 슬픈 얼굴밖에 떠오르지 않았다. 그저 앉아서 흘러내리는 눈물을 손으로 닦기 바빴다.

장례식이 진행되면서 아버지에게 연락해 보았다. 아버지는 참으로 가부장적인 사람이었다. 마치 신분이 있는 것처럼, 가족들이 자신을 따라야 했고, 다정하게 말해주는 법도 모르는 사람이었다. 예상대로 아버지는 오지 않겠다고 했다.

"나는 이미 내 가정이 있으니까, 네가 고생 좀 해라."

그 말을 들으니, '아버지보다 내가 먼저 죽으면 그때는 올 거냐'고 내뱉고 싶을 정도로 화가 났지만, 그런 말조차 아까웠다. 이제 확실하게 말할 수 있다. 엄마가 잘못한 게 하나 있다면, 아버지랑 좀 더 일찍 이혼하지 않은 거였다.

빈소는 나 혼자 지켰다. 친척들은 상주의 이름을 누구로 정해야 할지 고민했다. 내가 상주 역할을 맡겠다고 했지만, 친척들은 삼촌도 있는데 뭐 하러 여자애가 완장을 차려고 하느냐고 하셨다.

"여자고 뭐고, 그게 뭐가 중요해요?"

여자라서 상주 역할을 맡길 수 없다고 말하면서, 정작 자신들은 어떤 책임감이라도 갖고 있기는 한 건지, 구석에서 스마트폰 화면을 바라보는 게 전부였다.

사실 큰 삼촌과 작은 삼촌이 있었는데, 그중 작은 삼촌도 이미 세상을 떠나신 뒤였다. 엄마까지 이렇게 돌아가시고 나니 친척들 사이에서 수근거림이 많았다. 명운이 안 좋으니 어쩌니.

들리지 않게 조곤조곤 얘기했지만, 작은 장례식장 안에서는 조그마한 울림도 다 들리기 마련이었다.

하지만 큰삼촌은 오지 않았다. 멀리 다른 지역에 있다 보니, 하루가 지나거나 새벽쯤이 되어서야 도착할 것 같다는 연락을 받았다. 어쩔 수 없이 혼자서 조문객을 맞이했다. 어떻게 진행해야 할지 모르는 장례식을, 장례식 도우미 분들에게 도움을 받아 어찌어찌 해나갈 수밖에 없었다.

그리고 그나마 위안이 된 건, 1년 7개월 동안 연애를 해온 남자 친구가 빈소를 찾아준 것이었다.

"삼촌 분이 상주로 계실 거라더니?"

그는 내가 혼자 빈소 지키는 것을 보자마자, 어리둥절한 표정으로 나를 바라봤다.

"조금 늦으신대."

집안 사정이나 형제가 없는 것을 아니까, 엄마 소식을 듣고 누가 빈소를 지키냐는 말에 삼촌이 있다고 말했지만, 현재로선 이런 상황이었음을 알렸다.

"아무리 그래도."

그는 납득하지 못했다.

친척이 아예 없는 것도 아니고, 내가 그의 연인이라서 그런 건지,

그저 나 혼자 빈소를 지키는 모습을 못마땅해 했다.

그 사람은 먼저 엄마에게 인사를 올렸다. 정성스럽게 두 번 절과 반 절을 끝내고 나에게도 한 번 절을 했다. 내가 고개를 다시 들었을 때도, 그는 여전히 나에게 절을 하고 있었다. 일어나다 말고 그 모습을 지켜봤다.

"그만 일어나."라고 말하고 나서야 그는 일어났다.

"미안, 괜히 할아버지 생각이 나서."

그도 한 달 전에 가족을 잃었다. 소중한 사람을 잃은 건 똑같았다.

그는 혼자서 다른 친척들에게 인사를 했다. 무슨 이야기를 하는지 길어지는 것 같아서 확인해 보려고 하니, 무슨 허락을 구하는 것 같았다.

그 허락이란, 다른 친척들에게 양해를 구하고 사위의 신분으로 상주 역할을 할 수 있게 해달라는 것이었다. 친척들은 생각보다 쉽게 허락했고, 그는 삼촌이 입을 상복을 대신 입었다. 그리고 도우미 분들에게 남자 상복을 한 벌 더 준비해달라는 부탁까지 해두었다.

"이래도 괜찮아? 일은?"

"괜찮아. 이렇게까지는 아니더라도 원래부터 같이 있어 주려고 연차 쓰고 왔어."

고마웠다. 그러지 말라고 할 수도 있었지만, 그래 주길 바랐으니 그런 말도 하지 못했다. 엄마의 영정 사진을 두고 그 옆에 나란히 쭉 그려 앉아 있는데, 왠지 애인이 있다기보다는 형제가 생긴 것 같은 기분이었다.

"거의 기정사실을 만든 거 같은 느낌이네. 사위 역할이라니."

나는 그렇게 말했다.

"사실, 허락해 주실 줄도 몰랐어."

"저분들은 나를 그다지 신경 쓰지 않으려고 하는 분들이니까. 상관 없다고 생각했을지도 몰라."

"그러면 내가 섭섭하잖아."

"그래? 미안해."

애인이 이런 때 함께 있어 준다는 게 얼마나 다행인지 몰랐다. 조문 객이 많은 게 아니라서 일손이 부족한 건 아니었지만, 그저 나를 다독여줄 사람이 필요했는데 그 역할을 해줄 사람은 애인밖에 없었다. 어찌 보면 고마운 게 정말 많은 사람이었다.

사실 그와 이렇게나 오래 연애 기간을 이어올 줄은 몰랐다. 우리 사이는 스킨십 부분에서는 큰 진전이 없는 편이었다. 연애 기간이 1년 7개월을 넘어가고 있는데도 한 번도 성관계를 가져본 적도 없었고, 농염하다고 할 만한 키스 한번 제대로 한 기억도 없었다.

그건 내가 경계하는 부분이 많았기 때문이다. 가벼운 키스로만 끝내려고 하는 것도 충동적인 욕망이 생기지 않기 위함이었다. 그건 오히려 악영향을 미칠 수 있을 거라 생각했고, 언젠가 이 사람이 떠날 수도 있겠다고 생각해왔다.

나는 혼전순결을 지키고 있었다. 누군가의 강요는 아니었다. 일찍이 가정이 망가지고, 아버지가 다른 살림을 차린 것이 가장 큰 이유였다. 아버지는 내가 초등학생이 되기 전부터 엄마를 버려두고 집을 나갔다.

언젠가는 성인이 되기 전, 고등학생 2학년 때였는지 3학년 때쯤이었는지, 아버지는 내 앞에 한 아이를 데려와 보여주기도 했다.

그 아이는 아버지를 닮은 배다른 여동생이었다. 나는 사람들이 나를 보면서 아버지를 닮았다고 말하는 게 너무 싫었다. 그만큼 아버지를 싫어하기도 했고, 그 아이를 보고 나서는 더욱더 그랬다.

결국엔 나도 아버지의 딸이기에 내가 아무리 부정하고 싶어도 도저히 지울 수 없는 아버지의 모습이 있었다.

아버지를 닮은 그 아이는 내가 부정하고 싶은 것들을 고스란히 갖고 있었다. 마치 어린 나를 보는 것만 같았다. 그게 얼마나 소름이 끼치던지, 나와 닮은 귀신을 보는 것 같은 기분마저 들었다.

그 일을 계기로, 아버지로부터 시작해서 성(性)이란 것 자체에 부정적인 감정이 많아졌다. 아버지는 엄마를 사랑해서 결혼한 것이 아니었을까. 결혼을 하고도 왜 원만하지 않았을까. 왜 엄마를 내쳤을까. 왜 다른 여자의 곁으로 갔을까.

부정적인 생각이 강하게 계속 이어지다 보니 내가 미래에 누군가와 결혼을 하고 아이를 갖는다면, 그 아이 또한 나를 닮아 아버지나 그 아이를 떠올리게 되는 건 아닐까 하는 상상도 했다. 그러다가 아이를 낳고 싶지 않다는 생각까지 할 때도 있었다.

그래서인지, 성 자체든 성관계든 나에게는 너무나 어렵고 멀게만 느껴졌다.

여러 사람들이 각각의 이유로 혼전순결을 유지하지만, 나는 어떠한 의지라기보다는 마음의 병이나 다름없었다.

그 마음을 그에게 전할 필요가 있었다. 그는 나의 마음을 알고서도 멀어지지 않았고, 강요하거나 재촉하지도 않았다. 이렇게 스스로 사위 노릇을 자처하기도 했다.

"만약에 이 상황에서 내가 감동해서 결혼하자고 하면 어떻게 할 거야?"

나는 그렇게 물었다.

"네가 그렇게 감정적으로 결정할 것 같다는 생각이 들진 않는데."

"언제부터였지? 네가 나를 누나라고 안 부르기 시작한 건?"

"글쎄, 한 반년이 지났을 때쯤이었나? 그때는 처음부터 그냥 누나라고 부르지 말 걸 그랬다고 생각했지, 뒤늦게 호칭을 바꾸려고 하니까 힘들더라."

나는 괜히 결혼 수락을 누구에게 받아야 하는 건지 생각해봤다. 엄마는 이제 안 계시고, 아버지에게 허락을 요구할 필요는 없다고 생각했다. 그렇다고 친척들에게 말하는 것도 이상했다. 이젠 내 마음 대로 해도 상관없지 않을까 하는 생각이 짙어졌다.

"나, 너랑 자지 않을 거라고 말했을 때, 실망하지 않았어?"

"처음엔 그렇게 말해서 오해했지. 내가 싫다는 줄 알았으니까."

"하고 싶을 때는 어떻게 해결해? 야동이라도 봐?"

"참, 그런 말은 직설적으로 잘하더라?"

그는 그렇게 얼버무렸다.

사실 성에 관련된 이야기라고 하면, 서로에게 경험이 없는 만큼 조심스러운 부분이 분명 있었고, 그는 더불어 부끄러워하기도 했다. 사실, 나 때문에 성욕을 억누르고 있어서 불만이 계속 쌓일 거라고 생각했기에, 그런 모습을 볼 때마다 미안하면서 고맙기도 했다.

그래도 가끔 친구들과 이야기하다 바람난 남자 친구 이야기를 들으면 역시, 그도 그럴 수 있진 않을까 하고 생각한 적이 있었다.

그런데도 이렇게, 그는 지금까지 내 옆에 있어 주었다.

그와 엄마의 빈소에서 2박을 함께 했다. 조문객은 많지 않았다. 하지만 조문객마다 그 사람은 엄마의 사위라고 소개하면서 직접 인사를 다 받아냈다. 조문객 중에는 처음 보는 사람들도 있었는데, 그의 지인들이 조문을 하러 온 것이었다. 그들에게는, 내가 아내가 될 사람이라고 말하기도 했다.

"몰골이 말이 아니네."

그건 나에게 하는 말이 아니었다. 그에게 하는 말이었다. 원래 장례를 진행할 때는 발인하기 전까지 씻으면 안 된다는 것을 어디서 알고 온 건지, 씻지 않겠다고 고집을 부리며 고지식함을 드러냈다.

안 그래도 기름기가 많은 사람이, 물에 젖은 것처럼 머리는 기름 범벅이 되어 흥건했다. 머리를 안 감는 건 물론 세수도 그저 물에 몇 번 씻고 휴지로 닦고 끝이었으니.

더럽다고 생각하진 않았다. 오히려 대견하고 고마웠다. 그러니 이 사람을 좋아할 수밖에 없었다.

그렇게 그는 나와 엄마의 빈소를 지켰다. 엄마를 뜨거운 불 속에 넣을 때도, 남은 하얀 가루를 유골함에 담을 때도, 그는 엄마의 영정 사진을 들면서 나의 손을 꼭 잡아주었다. 더 괴로워하지 못하도록. 슬픔을 공유하고 나누었다.

"고마워, 너는 나도 우리 엄마도 지켜주는구나."

아버지가 하지 않았던 것을, 그가 해주고 있었다. 분명 나는 이 순간 때문에 그 사람에게 다시 반했을지도 모른다는 생각을 했다.

이제 기정사실이 된 것처럼 결혼해도 되지 않을까 싶었다. 이젠 누구에게 허락을 받을 필요도 없으니까.

하지만 그는 말했다.

"다음에 아버님 뵈러 가자."

"뭐? 왜?"

"결혼하고 싶다고 말씀드리러 가야지."

"그걸 왜 그 사람한테 허락을 받으려고 해?"

"너, 그거 혼전순결 지킨다는 거, 아버지한테 반항하는 거로 보여. 아버지가 미워서 이러는 거다. 이렇게."

"트라우마 같은 거라니까. 나라고 그러고 싶은 줄 알아?"

"그러니까. 마음의 병이니까 나아야지. 그래서 뵈러 가자는 거야."

대체 이 사람은 나보다도 어리면서, 어떻게 이런 인생 공부를 해왔는지 믿음직스러웠다. 등이 커 보인다고 할까, 그만큼 신뢰가 쌓인 건지 뭐든 잘해줄 것 같다는 기분이 들었다.

그리고 그는 다시 말했다.

"그게 해결이 안 되면 언젠가 또, 아니 계속 괴로울지도 몰라."

이런 사람이 뒤에서 다른 여자랑 바람을 핀다든가, 다른 짓을 할 거라는 생각은 도저히 할 수 없었다. 이 사람을 놓치면 나는 분명히 후회하게 될 것이다. 그가 나를 기다리는 만큼, 내가 믿어주는 게 올바른 보답이었다.

애초에 그것 말고는 우리 사이가 유지될 이유가 없었다. 그렇기에 아직까지 서로를 좋아하고 있다고 생각했다.

친구에게 그런 말을 들은 적이 있다. 몸을 섞어야 서로에 대해 더 잘 알게 되는 법이라고, 좋은 것이든 나쁜 것이든. 그럴 수 있다고 생각했다.

하지만 엄마의 빈소를 지키는 2박은 그런 하룻밤보다 그에 대해 더 많은 걸 알게 해주었다. 분명 친구의 말대로 부정적인 영향을 받아서 멀어질 수 있겠다는 생각도 했지만, 나와 엄마의 빈소를 지켜주는 남자를 믿지 않고 누구를 믿을 수 있을까.

"그래, 네 말대로 하자. 같이 가."

그는 내 손을 덮어주듯이 감싸주었다.

"그럼."

그의 손은 유난히 크고 두꺼웠다. 그를 향해 고맙다는 말을 마음속으로 남겼다. 엄마도 우리 이야기를 듣고 있지 않았을까 하는 생각을 하면서, 우리는 함께 엄마를 떠나보냈다.

좋아하는 사람을
차지하고 싶은 마음은 이기심에서부터

연애했던 사람들을 떠올리면, 그런 생각이 든다.

"내가 정말, 진심으로 사랑했던 걸까?"

그런 고민을 시작할 때면, 내가 정말 사랑을 한 건지 의심이 들기도
했고. 그때 그 사람을 왜 좋아했던 건지 이해할 수 없을 때도 있었
다. 한편 진심이 담긴 사랑을 해본 것 같지 않다는 생각도 들었다.

내 성격의 문제일지도 모른다. 친구를 사귀는데도 친한 애들끼리
적게 사귀는 것보다는, 그다지 친하지 않아도 두루두루 친구들을

두는 편이었다. 그건 다른 이성 친구들과도 어울릴 수 있는 계기가 되었고, 덕분에 나에게 먼저 관심을 주는 사람도 생겼다.

그 애가 나를 보고 좋아한다고, 사귀자고 말을 해줬기에, 연애를 시작하게 되는 경우가 몇 번 있었다. 그런 경우가 내 연애의 대부분이었고, 그런 소식이 다른 친구들에게 전해질 때는 다른 이성이 그런 말을 하곤 했다.

"나는 우리가 썸을 타는 줄 알았는데, 이러니까 썸 같은 게 거지같다니깐."

아마 내가 친근하게 대한 걸 관심 있는 거로 오해를 하는 사람도 있는 모양이었다. 그런 말까지 듣다 보니, 내가 누군가를 좋아해서가 아니라, 누군가가 나를 좋아해주니까 '좋아해 보자'는 식으로 연애를 하게 되는 경우가 대부분이었다는 것을 알 수 있었다.

*

그런 나로서는, 그만큼 운명적인 만남이라고 느끼는 순간이 그리 많지 않았다. 대부분 가벼운 편이었고 그저 연애했다고 할 뿐, 그게 정말 사랑이었는지 진짜 내가 좋아했다고 말할 수 있는지 나조차도 잘 알 수 없었다.

하지만 그렇기에 진심으로 좋아하고 사랑하고 싶은 사람이 생겼을

땐 좀 더 조심하기도 하고, 조금씩 다가가고 싶기도 하고, 더 아끼
고 잘해주고 싶기도 했다.

그 사람은 나보다도 훨씬 어른스럽고 의지가 될 수 있는 사람이었
다. 처음 만났을 때, 그는 여자에게는 관심이 없는 건지, 연애한 지
오래되어 보였는데 누군가를 소개해달라고 한다든가 연인을 만들
려고 하는 모습이 잘 보이지 않았다. 그래서 섣불리 다가가면 차일
것 같아서, 그런 질문을 하기도 했다.

"오빠는 연애 안 해요?"

그 질문에 그는 살짝 뜸을 들이더니 이렇게 말했다.

"혼자 있는 시간이 좀 길어지다 보니까… 이제는 어떻게 연애를 시
작해야 하는지 잘 모르겠더라."

뭔가 살짝 돌려 말하는 듯한 느낌이 들었지만, 여자에게 관심이 없
는 건 아닌 모양이었다. 하지만 조심스럽게 다가가려고 하다 보니
또 다른 걱정이 생겼다.

'아니. 오히려 이런 경우엔 연애 감각이 둔해져서 신호를 보내도 모
르지 않을까?'

그런 감정과 생각이 들기 전까지는 그냥 편한 사람이었는데, 언제
부터인가 관심 있는 사람으로 바뀌다 보니 내 행동 자체에 신경이
쓰였다. 그래서 친근함보다는 어색함이 더 강하게 느껴졌다. 평소
에는 단둘이서 잘만 먹던 밥도, 그렇게 맛있던 회도 모두 체할 것만

같았다.

"그러고 보니, 너는 왜 연애 안 해?"

그는 그렇게 물었다. 나는 그를 쳐다보면서 물을 홀짝홀짝 넘기며
말했다.

"저 솔로 된 지 100일도 안 됐거든요?"

"솔로 된 지 며칠 정도 지나야 연애할 수 있는 거냐?"

그러면서 그는 웃어댔다.

"오빠는 대체 얼마나 오래됐는데요?"

그 말에 그는 한숨을 길게 내밀면서 얼렁뚱땅 말했다.

"엄청 오래됐지. 숫자 세기 어려울 만큼?"

"소개팅도 안 해요?"

"뭐, 딱히 주변에 소개해줄 사람이 있는 것도 아니고. 내가 그리 친
구가 많은 게 아니라서."

아차 싶었다. 혹시라도 이런 대화를 계기로 그가 갑자기 나에게 아
는 여성을 소개해달라고 말하는 게 아닐까 하는 생각도 들었다. 하
지만 다행히 다른 말이 돌아왔다.

"그래서? 왜 연애 안 해?"

"안 하는 게 아니라 못하는 거예요."

"왜 못해? 인기 엄청 많던데. 초인싸잖아."

"인싸는 무슨."

살짝 답답해지는 것 같기도 했다. 예전에는 연애라는 게 과정이 어려웠지 시작은 늘 시원하게 시작했는데, 뭔가 방법을 잘 모르겠다는 기분이었다.

'나…, 내가 먼저 누굴 좋아하는 게 처음이었던 건가?'

아마, 그랬던 것 같다. 그래서 어려운 걸지도 모르겠다는 생각이 들었다.

나는 그의 시선을 피하면서 중얼거렸다.

"내가 좋아하는 사람이 나를 좋아하는 것 같지가 않아서."

그럼에도 그는 들은 모양이었다.

"뭐? 좋아하는 사람이 있어?"

"아, 아니 그렇다기보다는… 여태까지의 연애가 그래왔다는 느낌이 들어서."

"얼마나 많이 했길래 그런 생각을 해."

"아니, 많이 했다는 건 아니고요." 나는 손을 저으며 부정했다. 그리고 그는 이어 말했다.

"그럼 왜 좋아하는 것 같지 않다고 생각해?"

"그냥, 자신감의 문제이기도 한 거 같아요."

"자신감이라…."

그 이후에는 나의 어색함을 날리기 위해서 늘 메시지를 주고받으려 노력했다. 그건 좋은 시도였다. 그는 한창 일하는 중이 아니라면

바로바로 나의 메시지에 답장을 해주었다. 그게 답답하지 않아서 좋기도 했지만, 무엇보다 나와의 대화를 기대하고 기다리는 것 같다는 느낌이 들어서 좋았다. 내게 답장을 쓰고 있는 그의 모습을 생각하니 더욱 기분이 좋기도 했다.

한 번은 왜 이렇게 답장이 빠르냐는 말을 했더니, 딱히 나 말고는 메시지를 주고받는 사람이 없다고 했다. 그게 뭔가 특권을 가진 것 같은 기분이 들었다. 착각이라고 할 수 있지만, 말 그대로 행동으로 보여주니 만족스러울 수밖에 없었다.

그렇게 매일 연락을 주고받았다. 그도 나의 메시지를 기다리는 것 같았고, 물론 나도 그의 메시지를 확인하기 위해 틈틈이 폰 화면을 들여다보곤 했다.

카톡!

나는 그 메시지가 도착했다는 소리에 바로 반응하고 폰 화면을 바라봤다. 그리고 읽는 동시에 바로 답장을 하기 시작했다. 그는 그런 메시지를 보냈다.

"혹시 어디 단둘이서 술 먹기 좋은데 알아?"

나는 메시지를 입력하는 도중, 순간 뇌가 멈추었다.

'지금 이거 나랑 같이 가려고 그러는 거…지?'

뭔가 김칫국을 마시는 듯하지만, 이렇게 물어보았다.

"단둘이?"

"어… 좀 분위기 괜찮은 곳."

"그걸 나한테 물어요?"

"나, 그런 거 잘 모르는 거 알잖아."

그는 술을 그리 즐기는 편이 아니었기에, 그런 쪽은 잘 모르기도 했다. 그래서 늘 내가 아는 곳을 갔었다. 그렇다고 그런 걸 나한테 묻나 싶었지만, 둔한 그를 생각하면 그럴 수도 있겠다 싶었다. 그리고 그와 함께 갈 곳을 상상하면서 이것저것 알려주곤 했다.

연애를 한지 오래되어서 방법을 모르겠다는 그. 그렇기에 내가 더 적극적으로 다가가야 하는 게 아닐까 하는 생각이 들기도 했다. 나는 그와 썸을 타고 있다고 생각했고, 그도 분명 나에게 최소한의 '관심'은 있지 않을까… 아니 있을 거라고! 생각했다.

이 기세에 나는 영화를 보러 가자고 제안해보기로 했고, 메시지를 입력하는 순간, 어째 이번에는 바로 답장이 오지 않을 것 같다는 생각이 들었다. 그가 고민하고 답장을 줄 것 같은 모습이 떠올라서 괜히 겁이 나기도 했다. 그러니 더 용기를 내서 그를 직접 마주하고 말을 하는 게 어떨까 생각했다.

그런 마음으로 그의 직장 앞으로 가는데, 그가 마침 어떤 여자와 단둘이서 마주하고 이야기하는 모습을 보게 되었다. 처음에는 직장동료인가 싶었지만, 그동안 바라봐 왔던 그의 얼굴은 그녀에게서 뭔가 불편함을 느끼는 듯한 모습이었다. 아니 뭔가 어색해 보이기도 했고, 뭐라고 딱히 표현할 수 없는 어정쩡한 표정을 하고 있었다. 그런 모습을 숨어서 본 게 아니기에 그의 모습을 바라보는 나를, 그는 발견했다. 그리고 오래 지나지 않아서 그는 그녀를 보내고 나에게 걸어왔다. 살짝 놀란 듯한 얼굴이었다.

그 모습이 마치 본인이 뭘 잘못하다가 걸린 듯한 것처럼 느껴졌고, 이 순간만큼은 어째 내가 여자 친구의 입장이 되어버린 것 같았다. 내 남자가 다른 여자를 마주하는 게 기분 나쁜 것처럼.

"누구예요?"

나는 인사보다도 먼저 그런 말을 했다.

"아… 그게."

표정 그대로 곤란해 보였다. 조금 사정이 있는 것처럼 보였지만 확실히 알고 싶었다.

"옛날 여자 친구. 꽤나 오래 사귀었던."

생각보다 솔직한 그의 말에 깜짝 놀랐다. 나름 서로 썸을 타고 있는 여자에게 그런 과거를 서슴없이 말해도 상관 없다는 건지. 마치 나 혼자 썸을 타고 있는 건가 싶어 우울한 마음마저 생겼다.

그는 여자에 대해서 잘 모르는 남자였다. 하지만 여자에 대해 잘 모른다는 건 그저, 첫사랑이자 전 여자 친구인 그녀만 잘 아는 남자였기 때문이다. 무려 7년이나 만났다는.

워낙에 오랫동안 한 여자만 사랑했고, 한 여자에 대해서만 알아오다 보니까, 연애를 시작하는 방법도 여자에게 다가가는 방법에 대해서도 낯설었던 것이었다. 나는 그렇게 해석할 수밖에 없었다.

그 7년이 뭔가 패배감이 들게 할 정도로 신경 쓰이기도 했지만, 그래도 그 부분에 굳이 신경 쓰지 않으려고 노력했다. 서로 연락하는 건 여전했고, 원래 말하려고 했던 영화 관람을 제안했지만 거절당했다.

"미안해 나 다음 주까지는 계속 야근이 잡혀 있어서. 늦은 시간에 선약도 있고."

그런 메시지를 받았는데, 뭔가 틈이 보이지 않아 답답했다. 대신 반대로 그는 이렇게 말했다.

"금요일에 만나자. 금요일 저녁. 뭔가 여러 가지 얘기를 하고 싶네."

그러자고 했다. 그래도 우리 사이의 관계가 진전되고 있다고 생각했다. 그래 옛사랑은 옛사랑일 뿐이라고 그녀에 대한 생각은 뒤로 하기로 했다.

그와의 약속을 잡지 못한 날에는 다른 친구와 시간을 보냈다. 최근에는 그 사람을 기다리고 생각하다 보니, 다른 친구들을 어울릴 생각도 못했다. 술을 마실 때도 그와 함께 아니라면 대부분 혼자서 마셨던 것 같다.

"그래 최근에는 혼자서 포장마차에서 마시기도 했어."

"오호~ 대박. 혼자서?"

"다른 손님들이나 사장님이 말을 걸어줘서 심심하지는 않던데."

"클럽에서 춤추고 다닐 땐 언제고."

"하도 많이 다녀서 이젠 골반이랑 무릎이 다 아파."

오랜만에 만난 친구는 생각보다 더 반가웠다. 역시 자주 보는 것보단 오랜만에 보는 게 뭔가 더 각별했다.

"그럼 어디 갈래? 가던 데 갈까?"

"그래 그러자."

조용히 수다를 떨면서 가볍게 술 한 잔을 하고 싶었다. 평소에는 소주가 좋았지만, 어째 흑맥주가 생각이 났다. 그러면 바로 떠올리는 곳이 있었다.

'아, 그러고 보니. 여기 내가 추천해준 곳이었는데.'

한쪽 벽이 전부 유리창으로 다 비춰 보이면서도 조용한 분위기의 맥주 집이었다. 흑맥주를 판다는 것을 알리는 건지, 인테리어도 갈색과 검은색으로 어우러져 조명 아래에 있으면 괜히 분위기에 젖어 들었다.

그 가게에 들어선 순간, 무대에 스포트라이트를 비춘 것처럼. 그 가게 안에는 그와 그녀의 모습이 한눈에 들어왔다. 그가 나에게 물은 '단둘이 술 마시기 좋은 곳'은 이곳이었고, 단둘의 상대방은 내가 아닌 전 여자 친구였다.

이전에 어색해하고 불편해하던 얼굴이 지금은 한결 자연스러워 보였다. 어째, 내가 다가가면 안 된다는 생각이 머릿속을 지배했다. 그리고 문득 늦은 시간에 있는 선약이라는 게 이거였구나 하면서, '내가 괜히 끼려고 했구나.' 하며 뒷걸음질했다.

"다른 데로 가자."

"어, 왜? 너 여기 좋아하잖아."

"아무튼."

나는 친구를 억지로 끌어당겨 다른 곳으로 이동했다. 평소에 그가 웃고 행복해하는 것이 나도 덩달아 얼마나 좋았는데, 지금 그가 그렇게 행복해하는 모습을 보니 너무 얄밉고 분했고 배신감마저 들었다.

그 후로 나는 그와의 연락을 점점 줄여나갔다. 금요일에 만나자는 약속도 깼고, 메시지를 보내면 대화를 이어나가지 못하도록 단답형으로 끝내곤 했다. 그래서인지 그도 먼저 나에게 메시지를 보내는 경우가 적어졌고, 이렇게 끝이 나나 싶었다.

저번의 내가 그랬던 것처럼, 이번엔 그가 내 직장 앞에 나타났다. 뭔가 너무나도 어색했다.

"뭐야? 안 놀랐어?"

나름 놀랐긴 했지만, 그렇게 보였나 싶었다.

"여긴 어쩐 일이에요?"

"그냥. 오랜만에 같이 밥이나 한 끼 할까 하고."

"아…."

뭔가 괴로울 정도로 어색했다. 그걸 느꼈는지. 무슨 말을 이어가지 못했지만, 느리게 입술이 벌어지는 것을 바라보았다.

"요새 연락이 뜸하던데. 뭔 일 있나 싶어서."

그 나름대로 솔직한 말이었나 보다. 내 속에는 아직 그에 대한 배신감이 남아 있었다. 그래도 이 사람도, 나에게 마음이 있을 줄 알았는데. 그런 것과 상관없이 오랜 추억이 남아 있던 옛 여인에게 끌려한다는 게. 그러고도 나를 만나러 온다는 게 순간 짜증이 났다.

생각할수록 부정적인 감정은 계속 태어났고 배신감과 함께 증폭되었다. 그래서 나는 거짓말을 했다. 자존심까지 섞어가면서.

"최근에 좋아하는 사람이 생겨서요. 좀 그랬어요."

그리고 정적. 나는 그를 바라보지 않았지만, 그의 시선이 느껴질 정도로 나를 똑바로 바라보고 있었다.

"아, 그래. 너, 그런 애였지."

"네?"

그는 잠깐 당황하면서 손을 저었다.

"아, 아니야. 나쁜 의미가 아니야. 워낙에 인기가 많다 보니까. 너를 좋아하는 사람이 있지 않을까 하는 생각을 자주 했어."

뭔가 희한한 반응이 나와서 오히려 더 당황스러웠다. 진심이 아니었는데, 그걸 그대로 받아들이는 것 같아서 더 불안했다.

"그래. 그랬지. 그랬을지 모르겠다."

그렇게 그는 고개를 살짝 숙이며, 혼자 중얼거리다가 다시 이어서 말했다.

"그러니까 저번에 네가 그랬잖아. 자신감… 아마 너는 충분히 자신감 가져도 괜찮지 않을까?"

"…"

"그게 좀 불안하긴 했는데…, 그래…."

그는 나를 그렇게 쉽게 포기했고, 나 또한 거기서 무언가를 더 말하지 못했다. 뭔가에 겁을 먹어서. 그게 정확하게 뭔지 말로 표현하기 어려웠다. 우리는 제대로 시작해보지 않았던 이 관계에 그렇게 이별을 고했다. 그리고 후회했다.

계속 생겨나는 부정적인 감정은, 일말의 미련도 남지 않을 거라는 착각을 하게 했고, 오히려 내가 실수한 게 아닐까 하며 나를 자책하게 했다. 하루가 가고 이틀이 지나고 한 주, 한 달이 지나도 그와 나누었던 톡방을 보면서 잊지 못한다는 것을 알게 되었다.

그러다가는 아무 때나 그 사람 생각이 나곤 했다. 그리고 누군가에게서 들은 적 있는 듯한 말이 머릿속에 들어왔다. 그리고 괜히 웃긴 척하면서 중얼거렸다.

"핫, 이래서 썸이 거지같다고 하는 거구나."

그리고 다시 소리 없이 눈물을 쏟아냈다. 또 후회했다. 이렇게 혼자

숨어서 베개를 젖힐 바에는, 그가 진짜로 그녀가 다시 좋아서 다가가고 있다고 한들, 이기적인 마음을 가지고 내 마음을 표현했어야 했다며 후회했다. 드라마의 악역처럼, 그를 내 것으로 빼앗겠다는 심정으로.

*

그는 자신이 없었다. 그녀의 주변에는 그녀를 즐겁게 해줄 사람들이 많았고, 무뚝뚝하고 센스 없는 자신과 대조되는 경우가 많아서 스스로 위축되곤 했다. 그런 걱정이 있었는지 그녀가 좋아하는 사람이 생겼다고 말할 때, 역시나 싶었다. 애초에 나 같은 사람을 좋아할 리가 없다고 생각했다. 나름 괜찮은 관계가 되어가는 줄 알았는데….

"야, 일은 잘됐냐?"

한창 두통에 시달리다 보니 반차를 내고 회사를 나왔다. 그러니 바로 두통이 가시기 시작했다. 그런 김에 만난 친구는 그 '일'에 대해 물었다.

"뭐, 어찌어찌."

그런 말을 하면서 그는 어째 불편해 했다.

"너도 이상하고 개도 이상해. 뭐하러 전 애인한테까지 돈을 빌려달

174

라고 그러냐."

"어쩔 수 없었어. 어머니 수술비랑 재활비에 돈이 너무 많이 들어가서 한두 푼 필요했던 게 아니야."

"그래도. 굳이 걔한테 빌렸냐."

"별로 아는 사람도 없고. 애초에 아버지랑 걔네 아버지가 친구거든. 두 분도 어렵다 보니 나보고 도움을 청해보라고 한 거지."

그동안 직장을 다니면서 나름 돈을 많이 모았나 싶었는데, 이렇게 한순간에 증발하듯이 나갈 줄 누가 알았겠나. 그것을 실감하다 보니 앞으로는 또 어떻게 살아가야 할지 고민이 하나 더 쌓였다.

그래도 이자까지 주지 않아도 된다는 그녀의 말에 가볍게 술이라도 한 잔 사주었지만, 그 시기 이후로 뭔가 크게 잃은 게 있다는 느낌이 들었다.

"그래, 뭐 잘했다. 어쩔 수 없었겠지. 내 돈도 천천히 갚아라. 이자 안 칠 테니. 대신 술 사."

"그래그래."

나는 폰 안에 그녀와 나누었던 수많은 톡 메시지를 살펴봤다. 아무리 위로 올려도 끝이 없었다. 참 많은 이야기를 나누었다. 벌써 두 달이 지났다. 오늘을 마지막으로 톡방을 한번 살펴보고 내용들을 삭제하기로 마음먹었다. 아직도 미련이 남는 걸 보니, 스스로 안쓰러워졌다.

그때 너무 쉽게 포기한 게 아닐까 하는 생각도 들었고, 스스로가 너무 못났다고도 생각했다.

"괜히 아직도 생각나네. 아무리 좋아해도 표현이 서툴다 보니 뭉그적거렸는데. 이렇게나 미련이 생길 거라면, 가로챌 마음으로 더 다가갔어야 했는데."

자신의 감정만을 앞세우지 못한 자신에 씁쓸함을 느끼고 어렵게 톡방을 삭제하면서 바깥 공기를 좀 쐬기로 했다. 기분 전환이 필요했다.

"그래도 너는 나처럼… 후회하고 있진 않겠지."

사실 그런 생각을 해보기도 했다. 그녀가 좋아하는 사람이 생겼다고 했을 때, 그래도 욕심을 내서 내 마음을 고백했다면, 과연 돌아오는 답은 어땠을까?

답은 없었다. 그저 내가 욕심을 낼 수 있었느냐 없었느냐일 뿐이었다. 욕심을 내지 못했기에 이렇게 아쉬워 할 뿐이었다.

한 번 깨진 믿음은
그 상처가 다시 떠오른다

그런 말이 있다. 한 번 깨진 커플은 다시 만나도, 또다시 결국 깨지게 되어 있다고. 한 번 깨져버린 유리는 다시 붙인다고 한들 깨진 흔적이 남는다. 그 흔적은 작은 충격에도 금방 다시 깨질 것 같아서, 이전보다 더 조심하며 신경 쓰게 된다.

분명 한 번 깨진 관계에는 그런 '의식'이 있을 것이다. 이미 두 사람 사이에 형성되었던 관계의 형태에서 의심으로 믿음이 한 번 깨져버린 이상 그로 인해 생긴 상처는 다시 떠올리게 된다. 다시 만난다고 한들, 이미 예전 같은 관계는 더 이상 이어지지 않는다.

굳이 그런 연인관계가 아니더라도 마찬가지다. 부부, 친구, 선후배 관계에서도 그렇다. 사랑이든 우정이든 관계를 잇는 모든 감정에는 '신뢰'라는 것이 있어야 관계가 형성된다.

그렇기에 서로에 대한 믿음이 있어야 사랑이나 우정이 형성된 관계 속에서 희로애락을 주고받을 수 있다.

반면에 신뢰가 깨지고 배신감을 느끼는 순간, 모든 환상은 박살나고 현실감만 눈앞에 보이기 시작한다.

그리고 신뢰를 깨버린 사람이 미안하다고 용서해달라고 한들, 한 번 깨진 신뢰는 유리 조각처럼 다시 이어 붙이기도 어렵고, 언제나 의심을 사게 만들 수도 있다. 그 유리 조각을 다시 붙여보겠다고 손을 가져가도, 그 손에는 상처만 남을지 모른다.

*

어느 날 근무 중에 후배가 유난히 실수를 연달아서 한 적이 있었다. 그런 실수는 연쇄반응을 일으켜 다른 사람들에게 피해를 주는 것은 물론 스트레스를 높이는 수준까지 이르렀다.

그건 전날 과도하게 많이 마신 술 때문이었는데, 숙취를 떠나서 그렇게까지 많이 마시게 된 원인 때문에 일에 집중할 수 없던 모양이었다. 그 모습에 후배를 따로 불러서 머리도 식혀줄 겸 이야기를 건넸다.

"선배. 선배라면 여자 친구가 같은 곳에서 일하는 직장 동료랑 밤에 단둘이서 술을 마시러 갔다는데 기분이 나빠요, 안 나빠요?"

"뭐? 그야… 나쁘겠지?"

요점은 여자 친구 때문이었다. 그의 연인은 바로 옆 건물에서 일하고 있었다. 그렇기에 점심시간만 되면 같이 식사를 하기 위해 만나기도 하고, 서로 야근이 있으면 시간을 따로 맞추며, 퇴근 후에도 계속 만나곤 했다. 연애 기간이 5년이라며, 군대에 갔을 때도 꿋꿋이 기다려줬을 정도로 서로를 좋아했다.

하지만 가까이 지내는 만큼 서로의 직장 동료와 그 환경을 보게 되고, 사람들과 어울리는 모습도 마주하게 되는데, 최근에 유난히 여자 친구 주변에서 얼쩡거리는 남자를 보게 된 모양이었다.

"여자는 여자가 봐야 아는 것처럼, 남자도 남자가 봐야 아는 거잖아요?"

"뭐… 그렇지 않을까?"

"그놈은 누가 봐도 내 여자 친구에게 관심이 있어서 얼쩡거리는 거라고요."

그녀의 직장에 새로 들어온 그 남자가, 계속 그녀에게 주파를 던지는 것 같아서 불편했다고 한다. 그 이야기를 여자 친구에게 했지만,

그녀는 그저 직장동료일 뿐이라고, 신경 쓰지 않아도 된다고 말했다고 한다.

후배도 그녀를 믿으려고 했다. 하지만 문제는 늦은 밤에 단둘이 술을 마시러 간 적이 있다는 것이었고, 그녀의 이해할 수 없는 말과 행동에서 폭발하고 만 것이다.

"걔는 그냥 직장 동료일 뿐이니까 의심하지 말라고만 하는데요. 이게 그런 의심을 안 하게 만드는 일이냐고요. 이건 걔가 당당해 할 일이 아니잖아요?"

후배 목소리는 점점 격앙되고 있었다. 어지간히 화가 쌓였던 모양이었다.

"지금 내가 이상한 거예요? 화를 내는 게 당연한 거 아니에요?"

"아니, 뭐. 객관적으로 말하자면 의심 살 일을 안 만드는 게 맞긴 한데."

"맞죠? 지금 내가 이상한 거 아니죠?"

"그렇다고 내가 너희 커플 사이에서 옳다, 그르다 말하기도 좀 그렇지."

내가 왜 이런 이야기를 들어줘야 하는 건지. 답이 나올 것 같지도 않았다. 이런 문제는 늘 골치 아프다. 결국 서로에 대한 이해관계의 기준이 달라서 생기는 문제는 늘 언제 터질지 모르는 폭탄 같기도 했다.

"뭐 긴 시간 연애했잖아. 여친 입장에서는 내가 남친한테 그런 믿음도 못 받나 싶을 수도 있는 거고. 내가 양쪽 입장을 다 아는 것도 아니니까."

'의심을 하게 만든' 여자 친구와 '왜 의심을 하게 만드냐'라는 후배. 그리고 '어째서 의심을 하냐'라고 또 되받아치는 여자 친구.

나로선 원인 제공한 사람이 문제가 있다고 생각하지만, 왜 이게 해결되지 않는 건지 그것도 이상했다.

"아니 근데, 술을 마시러 가기 전에, 미리 그 사람이랑 술을 마시러 간다고 말을 했었다고? 너는 그걸 허락한 거야?"

그것도 이상했다. 나는 오랫동안 한 사람과 연애를 한 적이 없어서, 그럴 수도 있는 건지, 그걸 허락하는 게 쉽게 납득이 가지 않았다.

"음… 더 솔직히 말하자면, 괜히 여자 친구를 이상하게 볼까 봐 말을 안 한 게 있었는데요."

"뭔데?"

"사실 직장 동료와 마시러 갔다고 한 것도, 미리 말을 한 게 아니라, 이미 가고 나서 말한 거예요."

"어? 미리 말한 게 아니야?"

"설마 단둘이 간다는데, 내가 보내줬겠어요?"

나는 뒤이어 말하지 않았다. 둘 다 바보 같았다.

"아니, 왜 그랬대?"

"원래는 회식이었는데, 그렇게 둘이서 따로 2차를 간 거예요."

그게 더 이상한 게 아닌가 싶었다. 분명 그 모습을 본 그녀의 직장 동료들도 의심했을지도 모른다. 어째 바로 그림이 그려지는 것 같았고, 얼떨결에 권태기 얘기를 하려던 게 쏙 들어갔다. 분명 후배는 여자 친구가 바람을 피우는 게 아닐까 의심하면서, 그렇지 않을 거라고 믿고 싶은 모양이었다. 솔직히 내가 봐도 그런 생각이 들 것 같았다.

"근데, 우리 회사 옆 건물에 회사가 있었던가?"

주변에는 회사나 병원들이 많았다. 오피스텔 사무실이 대부분이었고, 옆 건물 또한 무슨 회사인지 뚜렷하게 보이는 것도 아니었다. 후배의 여자 친구는 미용사였고, 후배와 퇴근 시간을 맞추기 위해서 여자 친구가 출근 시간과 근무 시간을 조절한다고 했다.

"그럼 내가 머리카락 자를 겸 가볼까?"

내 머리카락을 만지작거리며, 괜한 오지랖을 부렸다. 후배는 부디 그래 달라고 부탁했다.

내가 그 미용실을 찾은 건 일주일이 지난 후였다. 들어서자마자 한 남자와 후배의 여자 친구가 창문 밖을 보면서 뭔가 이야기를 나누고 있는 장면을 바로 볼 수 있었다. 하지만 나를 손님으로 인식하자마자 다시 일에 집중했다.

직원들은 그 남자를 제외하곤 모두 여성이었고, 딱히 의심될 만한 것도 없었다. 나는 그대로 별일 없었다고 후배에게 다녀온 이야기를 전했다. 괜히 아쉬워하는 듯한 후배의 모습도 아이러니했다. 어쩌면 그냥 의심만 하고 있는 게 아니라 진실을 알고 다투는 게 오히려 낫지 않나 하는 느낌이었다.

이후에도 후배의 두통은 끊이지 않았다. 스트레스 때문에 술을 마시고 출근하는 날이 잦아서 직장에도 영향을 미쳤다. 당연히 그럴 때마다 잔소리를 들었고, 스트레스는 더 쌓여갔다.

한 번 낳은 의심은 두 사람을 계속 싸우게 만들었고, 결국 두 사람을 이별로 이끌었다. 후배는 그것을 받아들이는 동시에, 그때 그 남자에게 마음이 있던 게 아니냐는 의심이 확신으로 자리 잡았다. 끝내 매듭을 풀지 못한 문제였기 때문에, 그 상태 그대로 남아 있을 수밖에 없었다.

이별 직후, 후배는 장문의 문자를 쓰기 시작했다.

"뭐 하냐?"

"그래도 마지막으로, 한 마디만 남기려고요."

"한 마디라고 하기엔 좀…."

커다란 스마트폰 화면조차 모자랄 정도로 장문이었다. 뭔가 '미안해'라는 말이 많아 보이는 게 용서를 구하는 것처럼 보였지만, 후배는 그저 술을 마셔서 거칠게 대했던 점에 대해 사과를 하고 있었다. 후배 또한 그녀에게 여러 가지 잘못했던 것이 있었던 모양이었다.

미안한 만큼 장문의 편지를 썼지만, 그녀는 그 문자를 무시했다고 했다.

그렇게 여자 친구의 무시가 계속되던 어느 날, 잠잠했던 그녀에게서 연락이 왔다. 후배는 미처 풀지 못한 화라도 풀어볼 생각으로 당장 만나자고 했다. 후배는 그날 그녀에게 용서를 구하며 다시 만나자고 했고, 그녀도 그걸 받아들인 모양이었다.

그 얘기를 듣고 있으니 참 아이러니했다. 그렇게 다시 만나길 원했으면, 왜 그리 의심을 하고 화를 낸 것인지. 그래도 그렇게 다시 잘 만나려나 싶었다. 하지만 둘은 3개월도 지나지 않아서 다시 헤어졌다. 이제는 완전히 끝이라고 했다.

무엇 때문에 또 다시 싸우게 된 건지는 모르겠지만, 과거에 싸웠던 이유들이 계속 신경 쓰였던 모양이었다. 결국 질색한 그녀는, 후배의 계속되는 의심에 인정해버렸다고 한다.

"걔, 그때 바람피운 거 맞대요."

그 말을 들은 나는, '그걸 알아내려고 다시 만난 건가'라고 생각했다. 그리고 조금 고민한 듯한 후배는 이렇게 말했다.

"그리고 걔는 술을 먹고 난폭해지는 제가 싫었대요."

분명 그녀 또한 후배에게서 마음을 돌리게 된 계기가 있었을 것이다. 하지만 다시 잘해보려고 한들 마음이 예전 같지 않았고, 후배 또한 여전히 의심스런 마음을 담고 있다 보니 좋아지기는커녕 서로 불편하게 느끼는 순간들이 확연히 많았다고 한다.

"여전히 배신당했다고 생각하니까, 그게 신경 쓰여서 그때 일이 생각나지 않을 수가 없더라."

이건 후배가 그녀에게 마지막으로 건넨 말이었다고 한다.

*

한 번 깨진 유리가 다시 깨지지 않게 하기 위해선 명확한 방법이 하나 있다. 그 깨진 흔적에 다가가지 않는 것이다. 하지만 행복한 기억이 있었기에 깨져버리기 이전의 추억을 떠올리곤 한다.

그래서 미련도 남는다. 그렇기에 다시 깨진 흠이 있더라도 다시 그 유리조각을 맞춰보려고도 한다.

서로 각기 다른 이유로 신뢰를 깨뜨리고, 다시 관계를 회복하려고 깨진 유리조각을 맞추려고 할 때마다 손에서는 피가 난다. 유리조각을 맞추면서 원래의 모습이 점차 돌아오는 것을 보게 되면, 예전처럼 돌아갈 수 있다는 기대감이 들지만, 그럴 때마다 내 손에서는 피가 더 날지도 모른다.

사랑 싸움도 잘 해야
계속 사랑을 한다

싸움의 이유는 정말 사소한 경우가 대부분이다. 하지만 말이 통하지 않아서 주먹이 나서는 최악의 경우까지 일어나기도 한다. 그럴수록 화해의 길은 점점 멀어진다. 싸움은 서로 이해관계가 맞지 않아서 일어나는 만큼 합의점이 있어야 화해가 형성되는데, 싸움의 불이 커진 만큼 화해 또한 쉽게 이루어지지 않는다.

변호사는 어떤 분쟁 관련 화해에 대해 다음과 같이 교육받는다는 글을 책에서 본 적이 있다.

자신을 선임하려고 찾아오는 분에게, 법으로 판결받기 이전에 서로 이야기하면서 타협할 수 없는 일이냐고 묻고 다독여 보라고 권한다고 한다. 물론 그렇지 못하기에 법정까지 나서는 것이겠지만, 후에 승패를 떠나서 판결이 나오면 서로 화해할 수 있도록 권하라고. 그러지 못하고 화를 꺼뜨리지 못한 채 서로 등을 돌리면, 결국 증오심만 남은 채 그 미움은 언젠가 어떤 형식으로든 불운으로 돌아올지 모르기 때문이라고 한다.

정말 그렇게 교육하는지 모르겠지만, 일리가 있다고 생각한다.

서로 상관하고 싶지 않을 정도로 사이가 틀어져버렸지만, 그만큼 계속 미움 받는 것도 좋은 결과로 돌아올 것 같지는 않다.

모든 싸움은 사람을 감정적으로 만든다. 말이 통하지 않다 보니 화가 나고, 그동안 참아왔던 것들이 폭발해버려서 무엇 때문에 싸우기 시작했는지 잊어버릴 정도로 큰 싸움으로 번지기도 한다.

예를 들면, 연락 한 번 제대로 주지 않은 게 섭섭해서 한마디 했더니, 되려 짜증을 내며 "알았어, 근데 저번에 너도 그래 놓고선 왜 그래?" 이런 식으로 과거에 쌓아왔던 것을 표현하는 것처럼 말이다.

사실 연인 사이에서 싸움이 더 크게 번지는 제일 큰 이유는 그것인 것 같다. 사랑하는 사람한테서 이해받지 못한다는 생각에서 나온 답답함.

그래서 더 말문이 막히고, 머릿속까지 까매지는. 그러다가 싸움을 끝내기 위해 어설프게 마무리해보려고 누군가 먼저 말을 꺼내본다.

"미안해"

하지만 "뭐가 미안한데?"라며 되받아치면, 화해의 길은 점점 더 멀어지기 십상이다. 그러니까 사랑 싸움도 정말 잘 해야 한다.

*

연말로 바쁜 12월. 아직 크리스마스가 오기 전이이었다. 누구에게도 연락하기 어려울 정도로 바쁜 시기였다. 직장에서 맡은 일은 더 늘어나 있고, 개인 시간은 더 줄어들어 다른 사람에게 투자할 시간이 없었다. 연인이라고 해도 예외는 아니었다.

"미안, 지금 좀 바빠서."

연말이라서 바쁜 것은 알겠지만, 자기 일 바쁘다고 날이 선 목소리로 말하는 게 서운했다. 나도 바쁘지만 목소리라도 듣고 싶어서 전화한 것뿐인데, 빨리 끊어주길 바라는 듯한 목소리가 느껴질 때는 서운할 수밖에 없었다.

누가 보면 그 사람 혼자만 오로지 바쁜 것 같다. 나 또한 연말로 인해 회식, 모임, 온갖 회사 일에 시간이 부족했다. 그래도 연말이고 크리스마스가 다가오기에 그와 함께 보낼 수 있는 시간을 상상하며 버티고 있었는데, 나 혼자만의 생각이었는지, 나 자신이 너무 처

량했다. 그렇게 서운함은 쌓여갔다. 그 이후에도 그와 통화를 하면 역시나 또다시 나를 외면하듯 일에만 치중했다. 그리고 그는 크리스마스가 다가오자 내게 말했다.

"크리스마스까지 일하면 안 되니까, 그날 데이트할 수 있도록 미리 일을 처리하다 보니 그렇게 된 거야."

그 말을 들으니 더 화가 났다. 내가 서프라이즈를 바라는 것도 아니고, 그런 걸 챙겨준 적도 없으면서, 마치 나를 서운하게 한 것은 나를 위한 것이기에 어쩔 수 없다고 말하는 것 같았다.

'너랑 크리스마스에 시간을 보내려고, 무리해서 바쁜 일상을 보냈는데. 그것도 이해 못해줘?' 같은 느낌으로 말이다. 그런 일방적인 생각을 나에게 이해해달라고 강요하는 것 같아서 더 화가 났다.

오히려 거짓말하는 것처럼 느껴졌다.

"그럼 그런 거라고 미리 말하지 그랬어?"

"그러니까 바빠서."

"그거 말고. 일이 많아서 다 처리하고 크리스마스에 시간 같이 보내려고 그런 거라고, 말하면 되잖아."

그 말에 그는 전쟁을 선포했다.

"그렇게 말하면, 네가 화낼 줄 알았지."

"뭐?"

그는 나를 어떤 사람이라고 생각했던 걸까? 내가 이벤트를 못 받아서 안달 난 사람도 아니고 그날 데이트를 못한다고 한들, 서로 일이 얼마나 바쁜지도 아는데. 그것 하나 이해해주지 못할 여자라고 생각한 걸까? 정말 이야기를 하면 할수록 더 화만 났다. 마음 같아선 여기저기 때려주고 싶었다.

물론 그가 말한 대로 다 이해하고 넘길 수도 있다. 하지만 서러움이 폭발하기 시작한 이상, 그의 말이 잘 들어오지 않았다.

계속 화를 나게 하는 만큼 나는, '어디 한번 계속 말해봐'라는 마음으로 노려보며 싸울 준비를 하고 있었지만, 그의 말은 하나도 귀에 들어오지 않았다. 이미 화가 날 대로 나서 무엇을 해도 소용없는 상태였다.

그렇게 시작한 싸움이 연락 싸움으로 번졌고, 몇 개월 전에 쌓아뒀던 불만들까지 하나둘씩 나오면서, 우리는 아직 오지도 않은 크리스마스 때문이 아니라 과거의 일을 억지로 꺼내 와서 바득바득 싸우고 있었다.

"매번 그런 식이야! 결국엔 또 그럴 거고!"

"그럴 거면 그때 말하지 왜 이제 와서 그래?"

"더 이상 못 참아 주겠으니까 그렇지! 아무리 바쁘다고 해도 사람이 통화 한 번 할 수 없다는 게 말이나 된다고 생각해?"

그날은 분명 내 눈이 빨개질 정도로 그를 노려보며 소리쳤다. 더 심한 말도 충분히 할 수 있었다. 하지만 그건 그것대로 상처로 남을

것이고, 그도 화가 난 만큼 나에게 돌아왔을 것이다. 그런 생각은 늘 싸움이 끝난 후에야 깨닫게 되면서 후회하게 만들었다.

서로 쌓였던 불만들을 듣게 되면, 나 또한 과거로 돌아가서 내 불만들을 꺼내 보였다. 지고 싶지 않아서 거짓말까지 보탤 기세였다. 그런 불만들도 결국 좋아하기 때문에 참아왔던 것이었는데, 싸움이 커지면 커질수록 그동안 잘 견뎌왔던 것도 그렇게 너무 쉽게 드러내곤 했다.

어쩌면 그렇게 쌓아왔던 것 자체가 잘못이었는지도 모른다. 이번에도 과연 화해를 할 수 있을지 모르겠지만, 다툼으로 서로에 대해 계속 서러움만 쌓였다.

*

다툼은 정말 일반적인 상황이다. 그 대상들도 마찬가지다. 직장이든 학교에서든, 친구끼리든 지인이든. 가족에게는 가족이니 아무런 이유 없이 화를 내고 짜증을 부리기도 하며, 친한 친구일수록 대립을 하게 되면 왠지 모를 배신감마저 들면서 미워하게 된다. 사랑 싸움도 마찬가지다.

다른 싸움과의 차이점은 그저 그 대상이 서로 공평하게 사랑하는 사람이라는 것뿐. 상대는 일반적인 상대가 아닌, 사랑하는 만큼 자신을 이해해주기 바라는 사람이기 때문에 섭섭해서 더 감정적으로 나올 수 있다. 그렇기에 더 화부터 내기도 하고, 상대방을 이해해주는 척하며 마음 속에 쌓아두었다가 폭발하기도 한다.

글로만 보면 싸우고 화해하는 게, 참 쉬워 보인다. 화났다. 상대도 화났다. 왜 화가 났는지 파악한다. 이해하고 해결하기 위한 약속이나 방법을 찾는다. 그리고 화해한다.

현실 싸움은 글과는 다르게 쉽지 않다. 싸울 때는 감정이 앞서기 때문이다. 분노 때문에 다른 말이 들어오지도 이해도 되지 않으니까. 실제로 화해하는 건 상당히 쉬운 일일지도 모른다.

싸움 후에 후회가 남는다는 것은, 싸움 과정에서 표출된 감정만큼 상대방의 감정을 이해할 수 있는 계기가 되기 때문이다. 그래서 자신이 왜 싸웠는지, 정말 화낼 일이었는지 생각하게 될 정도로 괜스레 미안해지기까지 한다.

어느 누가 서러움만 주면서 화나게 하는 사람을 계속 사랑할 수 있을까. 그러므로 사랑 싸움도 정말 잘 해야 계속 사랑할 수 있다.

사랑에 능력은
필수조건일까

학창 시절 같은 학교나 학원에 다니는 이성을 좋아할 때면 그런 생각을 했다.

"쟤도 나를 좋아할까? 나를 좋아하게 할 수 있을까?"

그때는 누군가의 마음을 얻는 데는 외모가 최고라고 생각하던 시절이었다. 누군가를 좋아하고 사랑하는 데 특별한 이유를 찾지 않았던 시절이기도 했고, 누가 나를 좋아해 준다면 그것만으로도 설레고, 마음이 쉽게 흔들릴 때였다.

하지만 스무 살이 되고, 그보다도 더 나이를 먹으면서 경제력이란 존재를 체감하고 배우게 되었다. 더 이상 대학생이나 고교생 때만큼 마냥 돈이 없어도 서로 좋아하면 만족하는 그런 사람을 만나기 어렵다는 것을 알게 되었다.

그러다 보니 이상한 버릇이 생겼다. 호감가는 사람을 보게 되면 문득 통장 잔액부터 떠올리곤 했다.

그런 생각과 버릇은 곧, "저 사람도 나를 좋아할까? 좋아할 수 있을까?" 이런 생각이 아닌, "내가 저 사람을 좋아해도 괜찮을까? 내가 저 사람에게 무언가 해줄 수 있을까?"라며, 내가 누군가를 좋아하고 마음을 얻기 이전에 조건 같은 것부터 세웠다. 이처럼 상대방에게 무언가를 해줘야 하는 능력의 필요성을 잠재적으로 의식하고 있었다.

연애를 하기 위해서는 정말로 돈이 필요했다. 결혼은 무조건이다. 그래서 다들 결혼은 현실이라고 말한다.

내가 누군가를 좋아한다고, 그 마음을 전한다고 하더라도 반드시 자신이 원하는 보답이 돌아오진 않는다. 그가 누구든 나를 반드시 좋아해주지도 않는다. 그 사람은 누군가 짝사랑하고 있을 수도 있고, 이미 애인이 있을 수도 있으며, 아예 사랑할 수 없는 사람일 수도 있다.

그렇기에 사랑한다는 것은 어쩌면 기적 같은 일이라고 생각했다.

전혀 몰랐던 두 사람이 서로 좋아해야만 가능한 일이니까.

그 사람만 바라보고 사랑한다는 게 현실에서 가능한 일일까 싶은 생각마저 든다. 우리가 흔히 말하는 '능력'이 있어야 사랑할 수 있는 게 일반적이니까 말이다.

물론 예외도 있겠지만, 마냥 영화 같은 아름다운 사랑을 한다는 게 그렇게 흔하게 일어날 수 있는 일은 아니었다. 사랑은 불처럼 뜨거운 감정 같아 보이지만, 생각보다 냉정하고 보수적인 감정이다.

*

카톡! 친구는 내가 조만간 다른 지방에 일하러 간다는 것을 뻔히 알면서도 그런 메시지를 보냈다.

"야, 여자 소개해주면 만날래?"

나는 바로 거절하지 못했다. 다른 지역에 두 달 정도 있어야 했기 때문에, 소개받는다고 하더라도 자주 만날 수 없었고 후일로 미뤄야 했지만, 사실 외롭기도 했다.

"어떤 사람인데?"

"서른 살에 간호사"

내가 말한 '어떤 사람'을, 친구는 나이와 직업의 의미로 당연히 받아들였다.

딱히 나이나 직업을 물은 건 아니었다. 그저 확답을 주지 못해서 어정쩡하게 물은 질문에 불과했다. 그저 관심은 있다는 것을 표현한 질문에 친구의 입에서는 나이와 직업이 툭 튀어나왔다.

소개팅을 그리 많이 하지도 않았기에 그런 생각을 안 해봤지만, 20대 후반인 나와 주위 사람들에게는 '어떤 사람'의 취급 기준에 '능력'은 기본으로 포함되어 있었다.

무엇보다 신경 쓰인 건 그녀의 나이였다. 그녀의 나이 자체에 신경 쓰인 게 아니라, 결국 서로 조건의 문제였다. 딱히 조건이라고 할 건 없지만, 서로의 환경과 기준이라고 할까? 일방적인 내 생각으론 이러했다.

첫 번째는 나보다 연상인 만큼, 사귄다고 하면 그녀는 결혼에 대해 좀 더 서두를지 모른다고 생각했다. 아직까지 나는 '결혼'에 대한 생각이 일절 없었다. 그녀의 입장을 들어보지도 않은 채 결론을 내린 나에게 문제가 있는 거지만, 솔직히 부담스러웠다. 나의 매우 일방적인 생각이지만.

두 번째는 그때의 나는 일을 하고 있는 입장도 아니었다. 그래서 경제력에 대해 자신감이 부족한 편이었고, 그렇기에 다른 지역으로 일하러 가는 것이기도 했다. 설령 수입도 상관없고, 연애만 하고 싶다고 한들, 거리가 너무 멀기 때문에 쉽게 만날 수 없어서 말짱 도루묵이었다.

"아 제가, 원래 ~~~를 하는 사람인데, 지금은 잠시 ~~~를 한다고 쉬고 있어요."

결국 그런 말은 내 기준에선 그저 일하지 않는 사람과 다를 게 뭐가 있나 싶어서 구차할 뿐이었다. 굳이 그렇게까지 생각할 필요는 없겠지만, 자존감이 낮아지면 그만큼 자신이 못난 사람으로 보이기에 어쩔 수 없는 현상이었다.

그렇듯 나는, 만나보지도 못한 사람임에도 괜히 결혼을 서두를 것 같다고 생각했고, 간호사라는 직업에 괜히 나 자신과 비교가 되었다. 직업에는 귀천이 없다는 말도 있지만, 역시 급료에는 위아래가 있다.

만약 20대 간호사라면, 적극적으로 소개받으려고 했을까? 물론 좋아서 다가가는 사람도 있겠지만, 자존감이 낮았던 나로서는 더 고민했을 것이다. 그런 그녀라면 나보다 더 조건 좋은 사람들도 다가오려고 할 테니 말이다.

그럼 반대로는 어떨까? 직업이 아직 없고 아르바이트하는 평범한 대학생이라면 적극적으로 호감을 가졌을까? 아니 그 이전에 그 사람이 나를 만나려고 할까? 그 사람이 나를 부담스러워할지도 모르는데.

이렇게 사람에게 호감을 주기 이전에 그 사람의 '능력'을 알게 되면 혼자서 상대의 자존감을 높이기도 낮추기도 했다. 누군가와 만남을 갖는 것에, 그런 '능력'이 필요한 것인지, 그렇게 중요한 건지는 잘 모르겠다.

그저 '그 사람을 만나고 좋아하면 연애하고 사랑해서 결혼할 수도 있지 않을까?'라는 꿈도 그려보지만, 그건 환상에 가까웠다.

그렇게 나는 부산에서 평창으로 이동했다. 작년과는 달리 그 당시에는 올림픽이 열릴 예정이라 분위기가 꽤나 바뀐 상태였다. 그 전년도에 온 적이 있었는데 그때 그 동네는 나에게는 너무나도 낯선 곳이었기 때문에, 외로움을 정통으로 맞았던 기억이 있다.

그래도 그 기간 동안 알게 된 사람도 몇 있었다. 기껏해야 다섯 명 정도이긴 하지만. 적은 숫자에도 불구하고, 연락도 하지 않았던 지인을 우연히 편의점에서 마주치기도 했다. 매우 작은 동네라서 그다지 놀라운 일도 아니었다. 그렇게 편의점에서 우연히 만난 동생은 그곳에 있으면 안 되는 사람이었다.

"경찰 준비하고 있었잖아?"

그 동생은 2년 반 동안 경찰시험을 준비하는 중이었고, 매번 필기에서 떨어지고 있었다.

"아직 준비하고 있어요."

딱히 위로해줄 말이 떠오르지 않았다. 주변에 그런 사람들이 너무 많았고, 얼마나 외로운 싸움을 하는 줄 알기 때문에 함부로 위로해

주기도 어려웠다. 그래도 서로를 위로할 겸 대화를 이어나갔다.

"그럼 합격할 때까지 계속 준비하는 거야?"

"일단은 그러고 있는데…."

동생은 끝까지 명확하게 말하지 못했다. 그 동생이 고민하는 게 뭔지 잘 안다. 친구들 중에서도 서른 살이 되어갈 때까지 공무원 공부하는 사람도 있었고, 독서실에만 봐도 서른 살이 넘어서도 계속 공부하고 시험 치는 사람이 수두룩했다.

그만큼 공무원이 된다는 게 얼마나 긴 싸움인지를 간접적으로나마 알고 있었다.

동생을 격려한다고 했지만, 그리 큰 영향은 주지 못한 것 같았다. 정신적으로 괴롭고 피로가 쌓이는 것은 체력을 회복시키는 것처럼 쉽다고 회복되는 게 아니니까.

"공부만 하니까, 돈을 버는 것도 아니고, 직장이 있는 것도 아니고, 연애가 수치스럽게 느껴지지?"

나도 예전에 충분히 느꼈던 마음이었다.

"그렇죠. 저는 아직까지 공부하고 있는데, 친구들은 직장 구해서 돈 벌고 있으니까요…."

"흔히 말하는 자존감이 떨어지는 거겠지."

"맞아요. 때문에 연애 같은 걸 하면 죄 짓는 기분이 들 것 같아요."

"결혼을 하자는 것도 아니고, 연애만 하는데도 괜히 책임감 같은 게 느껴지고 말이지?"

"네. 진짜로요."

"다 그러더라. 지금 나도 그렇고."

'자존감=돈'은 정말 공식처럼 보였다. 그런 것과 상관없이 사랑한다는 게 그저 영화에서나 있을 법했다.

무엇보다 자존감이 떨어지는 데는 가장 큰 이유가 하나 있었다. 친구로부터 고민을 들으면서 알게 되었다.

"공무원 시험 준비하는 사람들이 다 똑같은 건 아니지만, 공무원이되려고 오랫동안 공부하는 사람도 실수 하나 때문에 떨어지기도하고, 공부를 엄청 많이 해도 점수가 안 나오는 사람도 있는데, 그렇게 이도저도 안 되다가 떨어질까 봐 하는 걱정 아냐."

동생은 바로 공감했다.

"제 기분이 지금 그래요. 그래서 공부하는 기간이 늘어날수록, 나이들수록 더 겁이 나기도 해요."

"그건 뭐, 오래 하면 할수록 가산점이 붙는 것도 아니고, 더 독하게한다고 해서 보답을 받는다는 확신도 없고."

공무원 시험 준비만 하다가 아무것도 얻지 못하고 나이만 들면, 그때는 뭘 하고 살아야 할지. 헛고생한 것 아닐까 하는 불안감에 자신감이 점점 무너지고 있었다. 그래서 그는 누군가와 연애하고 만나는 게 죄 짓는 것 같다고 말했다.

겉모습만 봤을 때는 소개팅에 나오면 1순위에 오를 만한 녀석이었다. 그렇게 훈훈한데 공부 때문에 '연애도 하면 안 되는 놈'으로 스스로 못 박아버리니, 녀석을 그렇게 만든 현실이 안타깝고 짠할 뿐이었다.

분명 공부 잘하고 직장이 있어도 연애 못하는 사람들도 있을 텐데.

"이제 스물여섯이잖아. 이미 원하는 목표를 이뤘다면 좋겠지만, 아직 게임 중이라고 생각해. 누가 못 깰 게임을 하려 하겠어?"

"이상하게 비유하시네요."

"됐고, 정말로 너보다 나이 많고 더 오랜 시간 동안 공부하는 사람도 많으니까, 너무 낙담하지 말고, 더 이상 스스로 자존감 떨어뜨리지 마라."

내가 할 수 있는 최대한의 격려를 해주었다. 한순간일지라도 녀석에게 아낌없이 응원해주고 도움이 되어주고 싶었다.

"다음에 보자. 아, 다음에 보면 안 되지. 합격해야 하니까."

"하하, 다른 곳에서 뵙길 바라야죠."

"그러면 경찰서 어딘가에서 볼 수 있겠네."

"저희는 만나면 안 되겠네요."

그렇게 우스갯소리를 하면서 헤어졌다.

나 또한 성공한 사람은 아니지만, 그런 마음, 그런 과정을 이해하기에 늘 동생 같은 사람들을 응원한다.

사랑이라는 감정은 누구나 공감하고 나눌 수 있는 것인데, 돈이 없고 직장을 아직 구하지 못했기 때문에 혼자 겁먹고 사랑할 수 없다고 철벽을 치는 것은, 너무 안타까운 일이다.

10대 때는 몰랐지만, 그 당시의 연애는 참 '풋풋했다.' 그건 분명 그 나이에 맞는 연애였다. 돈이 부족하면 엄마에게 거짓말을 해서라도 용돈을 구하고, 굳이 돈이 없더라도 서로 좋아하면 그만이었던 그런 시절이었다.

20대 때는 어땠을까? 데이트 비용은 아르바이트 또는 친구에게 빌려서 마련했다. 취업을 위해서 공부도 열심히 했다. 한 살씩 나이를 먹으면서 현실적으로 사회에 다가갔다.

그러는 과정에서 좋아하는 사람과 만나는 시간은 줄어들기 마련이었다. 서로 이해해줘야 했다. 다들 비슷한 상황이었기에 이해해주지 못하면, 결과는 뻔했다. 그렇게 20대 연인과의 만남은 풋풋함보다는 진지함이 더 강해졌던 것 같다.

나이, 능력이 맞아야 이어지는 인연이란 게 정말 있는 걸까. 왜 그런 걸까. 풋풋한 사람들은 풋풋한 사람끼리. 능력이 필요한 사람은 능력 있는 사람끼리.

그렇게 생각하게 만드는 건, 결국 자신과 그 사람 사이의 관계를 수평 저울처럼 만들어야 한다는 생각 때문 아닐까? 그래서 사랑에 능력은 필수조건이라는 생각이 든다.

하지만 고등학생과 연애하는 대학생도 있고, 대학생과 연애하는 직장인도 있는 걸 보면, 서로 연애하고 만나면서 저울의 기울기 수준은 자연스럽게 맞춰지는 게 아닌가 싶다.

그런 가능성을 예측하기 어렵다 보니, 미리 겁부터 먹고 먼저 선을 긋는 경우가 많다. 굳이 그럴 필요가 있을까. 막상 알고 보면, 상대방은 사실 엄청 검소해서 씀씀이가 좋은 사람일지도 모르고, 어쩌면 내가 찾던 사람일지도 모르는데.

그런 걸 알면서도 스스로에 대해 과소평가하고 무서워하는 건, 역시 자존감이란 녀석 때문이 아닌가 싶기도 하다.

사랑은 정말, 열정보다는 냉정에 가깝게 느껴진다.

연상의 여성과
계속 연애할 수 없었던 이유

"자, 오늘은 술을 마시러 왔냐? 밥을 먹으러 왔냐?"

식당 오픈한 지 3개월이 되어 가는데, 손님은커녕 지인이 오는 것을 기다리는 상황이 되다니, 이 장사도 망한 것 같다. 그렇게 오늘은 손님 대신에 오랜만에 보는 대학 후배를 보기로 했다. 개업할 때 와주지 못해서 이제야 온다며 늦더라도 좀 기다려달라는 말에 밤 11시까지 식어가는 음식을 두고 그를 기다렸다.

"배는 고픈데, 술을 마시고 싶네."

그렇게 가게에 들어오면서 나는 그의 배를 가리키면서 말했다.

"하, 참네. 연애한다면서 살 빼겠다고 하더니, 배가 더 나온 것 같은데."

"이제 헤어졌거든? 그래서 더 나온 거야."

나는 그 말에 진심으로 기뻐했다. 사실 그와 만남은 거의 2년 만이었다. 군대를 전역한 뒤에는 휴대폰 대리점에서 일했다고 하는데, 아무리 바빴다 할지라도 같은 지역에 사는데도 얼굴 한 번 보지 못했다.

"그때 군대에서 다시 사귄 여자 친구?"

"아니, 뭐… 어."

"뭘 얼버무리려고 하냐."

그 여자 친구는 군대에서 상병을 달았을 때쯤 만나기 시작했다. 즉 연애 기간은 2년을 조금 넘겼다.

"그렇게 온갖 좋은 건 다 받아놓고선."

"형. 그게, 그게 아니야."

그의 전 여자 친구는 그보다 나이가 많았다. 연상연하 커플이었는데, 여성의 나이가 다섯 살이나 위였다. 그만큼 군인이었던 녀석과는 달리 그녀는 이미 사회에서 자리를 잡은 상태였고, 녀석이 전역하고도 내조하듯이 보탬이 되어주려고 했다.

녀석이 공인중개사 시험을 보려고 할 때도 친척 중에 사무소를 운영하는 사람이 있으니, 같이 일을 배우면서 공부하는 것을 추천하기도 했다. 기술직에 취직하기 위해 공부할 때는 용돈을 보태주기도 했다.

"그래서? 자존심 때문에 그래? 마냥 그럴 것 같진 않던데."

우리는 자연스럽게 끝난 연애사 이야기를 시작했다. 솔직히 그가 그런 부분에서, 남자로서 자존심이 상한 게 아닌가 하는 생각을 하고 있었다.

"내가 자존심을 세울 필요는 없지. 뭐 돈이 많은 것도 아니고, 잘하는 게 있는 것도 아니고, 기술을 갖고 있던 것도 아니고. 집안이 좋은 것도 아니니까 오히려 내가 더 잘해야. 그렇게 나를 도와주고 그랬는데, 내가 불만이 있으면 진짜 나쁜 놈이지."

그녀는 그에게 많은 힘이 되었다고 한다. 물론 여자 친구에게 미안하기도 했지만, 자신을 응원해주는 사람이 있었기에 더 힘낼 수 있었다고. 나는 부러워서 술 한 잔을 바로 들이켰다.

"에잇, 나는 왜 이 쓴 걸 마시면서 달달한 이야기나 듣고 있냐. 쓴 걸 마셔서 더 달달해 보이는 거냐?"

"달달한 이야기 아니거든? 겁나 씁쓸한 맛이거든?"

달달함은 거기까지였다. 녀석과 그녀의 연애는 이후 순탄치 않았다. 발단은 녀석의 전 여자 친구 때문이었다. 녀석은 군대 생활을 하면서 총 세 명의 여자를 사귀었다.

처음에는 입대하기 전부터 사귀었던 원거리 연애의 연상 여친. 두 번째는 한 번 헤어졌지만, 다시 만나게 된 옛 동갑내기 연인. 그리고 지금 연상의 연인, 아니 제일 최근에 헤어진 연인.

"아니, 군인 신분에 그런 게 가능해?"

너무 놀라웠다. 군대에 간 남자 친구와 이별을 하는 건 봤어도, 군인인 남자와 연애를 시작하는 경우는 잘 보지 못했는데, 이 녀석은 군인 신분임에도 불구하고 두 번이나 연인과의 만남이 있었다.

"다 원래 아는 사람들이어서 그래."

"그래서 뭐가 문제였는데?

"하아. 시작이 뭐부터인지는 모르겠는데, 전 여자 친구가 옛날 나랑 사귈 때 올렸던 사진들을 삭제하지 않았나 보더라고. 그냥 그대로 둔 채 SNS를 접었더라고."

"그럼 완전히 기록이 남는 거나 다름없었겠네."

그러자 그는 자기가 들고 있던 포크로 삿대질을 하면서 다시 말하기 시작했다.

"그거 알지?"

"야, 이씨~."

"군대에 있었을 때는 친한 선임에게 부탁해서 도시락까지 만들어서 면회장에서 함께 먹기도 했거든? 그건 나름대로 이벤트였단 말이야."

확실히 군대에 면회 오는 사람들이 무언가를 사서 오는 경우가 많지, 남자 친구가 군대 안에서 뭔가를 준비해서 면회장에 오는 경우는 흔한 일은 아니었다.

"감동 먹었겠는데?"

"그치? 근데 그런 사진들도 그대로 있었던 거야."

그의 전 여자 친구는 그와 행복하고 즐거웠던 기억들을 인터넷에 고스란히 남겨둔 채 완전히 사라져버린 것이었다. 그리고 그것을 본 바로 전 여자 친구는 기분 좋을 리 없었을 것이다.

"딱히 내색은 하진 않더라고. 그래도 나보다 생각이 깊다 보니까, 이해해주는 것 같았어."

그리고 우리는 점점 취해갔다. 오랜만에 만나서 반가웠던 것도 있지만, 역시 과거 이야기가 안주가 되면, 뭘 얼마나 먹고 마셨는지 셀 겨를이 없어진다. 그러다가 녀석은 결정적으로 그녀와 헤어질 수밖에 없었던 이유가 있다고 했다.

"그게 뭔데."

녀석이 여전히 직장은커녕 기술도 마땅히 배우지 못하고 있던 어느 날, 그녀는 그런 말을 했다고 한다.

"너, 나랑 결혼할 생각은 있니?"

현실적으로 생각해봐야 했다. 녀석이 25살이면, 그녀는 30살이다. 이미 결혼하고 싶다는 생각을 하고 있었을지도 모른다.

그녀의 입장에선 자기보다 어린 남자 친구를 만나고 있었기 때문에 여러 가지로 복잡하고, 마음 또한 급해졌을 것이다.

하지만 녀석은 그렇게 말했다고 한다.

"아직… 솔직히 결혼 자체를 생각 못하겠다."

그럴 능력도 없고, 준비 시간도 꽤 걸릴 것 같았으니까.

생각에 따라 결별까지 이어질 수 있는 대답일지도 몰랐다. 그래도 그녀와 연애는 계속하고 싶었다. 현실을 바라보고 싶지는 않지만, 사랑은 하고 싶었다. 그렇게 낭만을 꿈꾸고 있었는지도 모른다.

결국 그게 결별로 이어졌다고 한다. 그녀는 단순히 연애만을 생각할 순 없었던 입장이었다.

군대에 간 남자 친구를 기다리는 것도 아니고, 서로 마음도 조건도 맞아야 할 수 있는 현실적인 결혼을 이 녀석과는 할 수 없다고 판단한 것이다. 그리고 그런 그녀를 녀석도 붙잡진 않았다.

"뭐, 차였다고 해도 어쩔 수 없었지. 근데 나도 부담은 있었어."

녀석도 원래부터 부담감을 갖고 있었지만, 결혼 이야기까지 오가던 사람과 이렇게 이별을 맞게 되었을 땐, 뭔가 이유가 있지 싶었다.

그동안 그녀가 베풀어준 호의와 내조는 자신을 사랑해서라기보다는 남편으로 만들기 위해서였던 게 아닐까 하는 그런 생각마저 들었다고 한다.

"괜히 그런 의심이 들기도 했어. 꼭 그렇게 결혼 때문에 계속 연애

를 하네 마네 하면서까지 심각할 필요가 있나 싶기도 했고, …나로
서도 좀 그랬어."

두 사람의 입장이 명확했다.

아무리 세월이 흐르고 결혼하는 연령대가 높아진다고 한들, 나이가
너무 많아지면 결혼할 확률은 낮아지는 편이다. 그건 여자의 입장
에서 더 신경 쓰게 될 부분이라고 하지만, 사실 남자나 여자나 다를
게 없다.

그녀의 입장에서는 확실하게 선택해야 했을지도 모른다. 이 녀석을
미래의 남편으로서 믿고 기다릴 수 있을지, 아니면 연애를 끝내야
할지. 그 답을 구하기 위해서 녀석의 의지를 알고 싶었을 것이다.

그래도 그녀는 녀석과 계속 사랑하고 싶었을 거라고 생각했다. 그
러니 지치다 못해 그런 질문을 했을지도 모르고, 그녀로서는 녀석
에게 바라는 믿음이 따로 있었을지도 모른다.

"나랑 결혼할 생각이 있냐니, 왠지 그 말 자체가 뭔가 무서운데."

"뭔가 엄청나게 함축되어 있는 듯한 말이니까."

"잘 헤어졌네. 안 맞으면 그만해야지."

"안 맞긴. 잘 맞긴 잘 맞았어."

"잘 맞기는 무슨. 의심하는 순간 뭐든 금이 가는 법이야."

나는 그렇게 생각했다. 이 두 사람은 서로를 '의심'했다고. 의심이
라는 감정의 발생 조건은 까다롭지 않다. 아주 명료하다. 신뢰하는

관계에서 상대방에게 믿음을 주지 못했을 때 나타나는 감정이다.

'이 남자는 나와 함께 할 건가? 내 나이 서른인데, 이렇게 밀어주는 데 나를 떠나면 어떡하지?'

'모아둔 돈은커녕 쓸 돈도 없는데, 그리 급하게 결혼할 생각도 없고, 굳이 왜 이렇게 서두르는 걸까. 나를 좀 더 기다려줬으면 좋겠는데.'

'걔는 이런 답답한 내 마음을 알기나 할까? 나는 언제까지 이렇게 기다리기만 해야 하는 걸까?'

서로 그렇게 불안감을 갖고 있고, 확신을 주지 못한 이상 믿음이 생기는 게 아니라 계속 의심만 늘어날 뿐이었다.

"에휴. 뭐 다른 거라도 먹을래?"

"확 울어버리게, 화끈하게 매운 거 하나 해먹읍시다."

"그래 기다려봐."

땡초를 넣어서 눈물 나게 매울 정도로 매운 짬뽕 국물을 만들었다. 그렇다고 울진 않았다. 딱히 그렇게 슬픈 감성이 있었던 것도 아니었다. 술이 쓰게 느껴지는 만큼 혀가 마비될 정도로 뜨겁고 매운 걸 원했는지도 모르겠다. 그렇게 짬뽕 국물을 만들고 자리에 앉아서 말했다.

"예전에 우리 아버지 친구 분 아들이 결혼을 앞두고 예비 며느리랑 가족사진까지 찍었는데도 두 사람이 헤어졌다고 하더라고. 그러곤 그 친구 분이 아들한테 무슨 이유로 헤어졌냐고 하니까, 뭐라고 한 줄 알아?"

"그건 좀 심하지 않나? 거짓말도 적당히 해."

"진짜야. 실화라고."

"…그래서? 왜?"

"여자가 남자한테 너무 애 같다고 했대. 애. 도저히 어른이 될 것 같지 않다고. 그래서 아무리 생각해 봐도 결혼은 못하겠다고."

"진짜 그런 일이 있다고?"

"있다니까."

"근데 그게 왜?"

나는 술 한 잔을 들이켰다. 그리고 바로 방금까지 펄펄 끓었던 짬뽕 국물에 숟가락을 가져갔다.

"그런 말도 있더라, 어른은 나이를 먹고 되는 게 아니라, 결혼 후에 되는 거라고. 결혼을 하고 서로 부족한 것을 메워주면서 어른이 되고 부모가 되는 거라고 말이야. 나는 그렇게 서로가 성장하는 게 부부라고 생각해. 그게 안 되니까 이혼을 하는 거고."

"그게 결혼이라는 거라고?"

"나도 안 해봐서 모르겠지만, 그렇지 않을까 싶다."

뭐든지 완벽한 법은 없다. 결혼 또한 마찬가지다. 누구든지 부족한 면은 분명히 존재한다. 그걸 서로 메우고 견뎌내는 게 결혼하고 부부가 되는 거라고 생각하지만, 결혼이라는 현실적인 경험을 해보지 않는 이상 쉽사리 답을 낼 수 있는 것도 아니다. 그렇기에 두려워하는 사람이 많은 거라고 생각했다.

"그래 나는 그게 무서웠던 건지도 모르겠네. 아마 그렇겠다."

그리고 어쩐지 조용해졌다. 서로 입을 다시는 소리만 들렸고, 아무런 말이 없으니 점점 고요해졌다. 그건 그 녀석이 한창 무언가를 생각해서 그런 모양이었다.

"그러면, 만약에 내가 몇 년이 걸리더라도 그 사람을 책임질 수 있도록 능력이 생길 때까지, 준비가 될 때까지 기다려달라고 한다면, 그 사람은 나를 기다려줬을까?"

어째 미련이 남은 듯한 목소리였다.

"어쩌면 그런 대답을 기다렸을지도 모르지."

그리고 나는 그 녀석의 빈 술잔에 쓰디쓴 술을 부었다. 뭔가를 생각하는 건지, 이어서 자신의 휴대폰 화면을 켰다. 아마 그녀의 사진을 보는 게 아닐까 하는 생각이 들었다.

"에이씨. 오랜만에 만나서 전 여자 친구 얘기나 하고 있다니. 형 얘기나 좀 해."

"내 얘기? 군대 이야기라도 할까?"

그날은 그렇게 마지막까지 군대 이야기를 했다. 시간이 얼마나 잘 가던지. 한참 지나 시간을 확인했을 땐 새벽 3시가 넘어 있었다.

그 후로도 가끔 그를 생각하곤 했다. 어떻게 지내는지 궁금했고, 요즘은 어떤 여성을 만나고 결혼에 대한 생각은 어떻게 바뀌었는지, 또 연상의 여성을 만나고 있는 것은 아닌지 말이다.

내 마음을 읽었는지 1년 후 그는 여자 친구와 함께 다시 나를 만나러 왔다.

"야, 너 몇 살이라고?"

"나? 26살."

그 녀석은 자기보다 다섯 살이나 어린 스물한 살의 여자 친구를 데리고 밥을 먹으러 왔다. 금색 머리카락을 하고 있는 정말 예쁘고 화려한 여성이었다. 괜스레 나는 힘없는 웃음이 나왔다.

내가 좋아하는 사람도
나를 좋아했으면…

그 사람에게 사랑한다고 하기에는 내 자신이 너무나도 부끄럽다. 오히려 함부로 말해선 안 되는 것 같았다. 어디까지나 나의 일방적인 마음이기에 너무 앞서 나가는 느낌이었다. 그런 말을 해주고 싶은 사람은 '내가 좋아한다'는 말이 어울리는 사람이다.

그런 바람을 해보았다. 내가 좋아하는 사람이, 나를 좋아해준다면, 연애도 원활하게 이뤄지고 사랑받으면서, 상상하는 대로 행복하지 않을까. 그랬으면 좋겠다는 바람. 그런 바람은 그 사람이 나를 사랑

한다는 것을 알기에, 나의 사랑에 의심은커녕 믿음만이 더 강해질
거라고 생각했다.

상상은 거기까지였다. 그런 것이 마냥 쉽게 일어난다면, 짝사랑이
란 건 존재하지 않을지도 모른다. 혼자서 누군가를 조용히 좋아한
다는 건, 그 기간이 길수록 답답하고 불안한 마음에 스스로 부정적
이게 된다. 그러면서 자신의 마음이 편하도록 그 사람도 나를 좋아
하길 바라면서 그 사람을 바라본다.

그렇기에 누군가가 나를 좋아해주는 건 행운이며 축복이다. 그건
내가 타인에게 그런 감정을 주어도 마찬가지다. 하지만 누군가가
나를 좋아한다고 해서, 반드시 그 사람도 좋아하는 감정이 생겨서
나를 좋아해주는 것은 아니다.

그래서 바라고 또 바라기도 한다. 그 사람이 내 마음처럼, 내가 그
사람을 좋아하는 것처럼, 그 사람도 나를 좋아해주기를.

*

오랜 친구가 있었다. 소꿉친구라고 할 수 있을 정도로 어릴 적부터
오랜 인연이었다. 부모님들끼리 친구여서 자주 만날 수 있었는데,
다른 친구들과는 다르게 부모님들끼리 친근한 만큼 우리도 더 친
근함을 느꼈다. 그래서 그랬을까, 매번 만나는 게 반가웠고, 기대될

때도 있었다.

어릴 적에는 내가 학교에 1년 일찍 들어갔기 때문에 그 친구는 나를 "누나!"라고 불렀다. 하지만 그 모습을 본 친구의 엄마는 나이는 같으니 누나가 아닌 친구라며, 누나라고 부르지 말라고 했다.

그것에 대한 반감은 없었고, 그런 반감도 생기기 전에 그 친구의 가족은 다른 지역으로 이사하게 되어 자주 보기 어렵게 되었다. 그만큼 각자 생활도 다르고 관여할 수도 없었다.

그렇게 자연스럽게 서로 만나는 시간은 줄어들어 특별히 약속하지 않는 이상 만나는 경우도 없었다. 그저 문자 메시지를 주고받는 게 전부였다. 그리고 그것조차도 점점 빈도수가 줄어가는 것을 느꼈을 때는 몸이 멀어지면 마음도 멀어진다는 말이 이런 식으로도 통하는 게 아닐까 하는 생각이 들었다.

그리고 내가 학교에 1년 일찍 들어갔기 때문에, 나는 대학생이 되었고, 그 녀석은 아직 고등학생일 때 다시 만난 적이 있었다. 생각하지도 못한 타이밍에 그 녀석이 먼저 연락을 준 것이다. 한번 얼굴을 보자면서.

"오랜만."

그 녀석은, 그래도 사내라고 골격 자체가 모두 커져 있었고, 계속 자라던 키는 결국 나와는 비교도 할 수 없을 만큼 커져서 고개를 들고 올려다볼 정도였다. 갑작스러운 심장박동은 없었다.

주위에 아는 남자가 없어서 그런지, 내가 아는 남자라곤 그 녀석밖에 없었고 그 녀석과 하는 것이라면 뭐든 재미있을 거라는 생각부터 앞서 있었다.

'이미 오래 전부터 좋아하고 있었다.'

그랬다. 내가 아는 남자가 이 녀석밖에 없어서든, 얘랑 같이 시간을 보내면 재미있어서든 뭐든, 어떤 이유든 한 가지 마음이 자리 잡고 있었다. 이미 이전부터 심장박동은 특별하게 뛰고 있었다. 그것에 익숙해져 있었기에, 갑작스러운 심장박동은 있을 수가 없었다.

이미 익숙한 심장박동이었다. 그런 것을 느낄 때마다 내 마음을 전해 보는 것도 괜찮지 않을까 하는 생각을 했다.

하지만 부모님이 친구 사이였기 때문에, 나의 고백으로 인해 미묘한 사이가 되지 않을까 하는 걱정과 우스갯소리로 부모님이 잡담할 모습을 상상하니 자꾸 망설여졌다. 오히려 그런 상상을 하는 시점에서, 나는 이미 부정적인 결과를 생각하고 있었을지도 모른다.

한편으로는 우리 사이가 좋지 않은 쪽으로 변하는 게 싫어서 고백하지 않으려는 변명일 수도 있었다.

그러면서 이 녀석 또한 나를 좋아하고, 나에게 그런 마음이 있다고 말해줬으면 하는 이기적인 바람을 그리기도 했다. 그런 단순한 욕심이 있었다.

"우리 엄마한테 얘기 들었어?"

"나, 졸업하면 바로 스코틀랜드로 유학 가거든."

'그럼 우린 언제 다시 볼 수 있을까?'

그 녀석이 말했다.

"무슨 얘기?"

"나, 졸업하면 바로 스코틀랜드로 유학 가거든."

아마, 그게 이유였던 것 같았다. 개인적인 감정이 따로 있었기 때문에 나를 보려고 한 게 아니라. 뭔가, 마지막 인사를 하려는 거였다. 그 얘기를 듣는 순간, 나의 모든 시간이 한순간 멈춰버린 듯한 기분이 들었다.

"언제… 가는데? 졸업하고 정말 바로?"

나는 정확한 시기를 물었다. 2월에 졸업하고 3월 초에 간다는데 확실한 날짜는 본인도 잘 모르는 모양이었다. 하지만 그 날짜보다는 다른 생각에 빠지기 시작했다.

'그렇게 가버리면, 언제 다시 볼 수 있을까?' 하는 생각.

내 마음을 지금 전해야 하는 건지, 아니 어쩌면 갑작스러워서 내 고백 때문에 오히려 아예 얼굴을 볼 수 없을지도 모르겠다는 생각이 들었다. 차이고 바로 마음을 정리할 수 있을 정도로 내 자신이 야무진 것도 아니고, 그 녀석에 대한 마음에 미련이 남지 않을 거라는 생각도 전혀 들지 않았다.

"유학 가서… 뭘 배우는데? 뭘 하려고 가는 거야?"

그런 질문들만 했다. 지금 생각해보면 그때 무슨 생각을 했는지, 떠오르지 않았다. 얼마나 정신을 놓았던 것인지 여기저기 다니면서 지갑을 잃어버리기도 했고, 이야기하고 나온 카페에서 휴대폰까지 두고 와서 다시 찾아오기까지 했다.

그리고 마지막으로 그 녀석 집으로 가는 길이었다. 그러다가 맞은편에서 단둘이 걷고 있는 우리에게 손을 흔드는 여자가 보였다. 그녀는 그 녀석에게 시선을 똑바로 둔 채 우리 쪽으로 계속 다가왔다.

"오늘 친구 만난다고 하더니, 여자였어?"

그녀는 그렇게 말했다. 그리고 두 사람은 만나자마자 서로의 손을 잡았다.

"오랜 친구야. 우리 부모님과 서로 어릴 적부터 친구거든."

그 녀석은 그렇게 말했다.

아무런 걱정할 필요도 없다는 듯이. 변명할 것도 없다는 듯이. 그렇게 생각하고 있자 하니, 꽤나 스스로 삐뚤어졌다고 생각했다. 이제는 그 녀석이 미워지기 시작한 걸까.

"여자 친구?"

나는 태연한 척하며 목소리 톤을 유지하면서 물었다. 두 사람은 당연하다는 듯이 고개를 끄덕였다.

"친구라면서? 대학생 같은데?"

그 와중에 그녀는 나를 위아래로 스캔하면서 물었다. 얼굴을 계속 쳐다보는 게 화장한 것을 보는 건지, 조금 불쾌하기도 했다. 그녀가 나를 경계한다는 것을 확실하게 느꼈다. 왜 친구인데 대학생인지 그 녀석이 설명해주고 있었다.

"네, 그래요."

어째서인지 거리감이 느껴졌다.

"얼마나 사귄 거야? 난 몰랐네. 미리 말이라도 하지."

나는 애써 웃으면서 그렇게 말했다. 그런 이야기를 들은 게 없다 보니, 생각도 못했다. 내가 주변에 남자가 없다고 해서 그 녀석 또한 주변에 여자가 없을 거라는 생각을 당연하게 한 모양이었다.

"우리? 얼마 안 되었어. 이제 두 달?"

아주 깨가 쏟아지는 것처럼 웃는 게 마음에 들지 않았다. 마음에 들 리가 없었다. 아주 혐오스럽기까지 했다.

"저기… 얘가 유학 가는 거 알고 사귀는 거예요?"

나는 두 사람을 괴롭힐 수 있는 질문이라고 생각하면서 말했다. 뭔가 스스로 비참해지는 기분이 들었지만, 그녀의 대답을 듣고 싶기도 했다. 나는 그 부분에서 어떻게 고백해야 할지 고민을 했으니까. 하지만 그녀는 당연하다는 듯이 말했다.

"유학은 1년 전부터 정해져 있던 거로 알고 있어요. 군대 기다리는 거, 미리 경험해보려고 해요."

그렇게 그녀는 아무렇지 않게 말했다. 웃음이 났다. 허무하기도 했고, 정말로 눈앞의 두 사람이 우습기도 했다. 또 내가 우습기도 했다. 내가 좋아하는 사람이, 내가 아닌 다른 사람을 좋아하고 있었다. 나보다 더 못난 것 같았고, 나보다 키도 작았고, 나보다 이 녀석에 대해 아는 것도 없을 테고, 이 여자가 과연 이 녀석한테 잘해줄 수 있을 것 같지도 않고, 괜히 화가 날 정도로 어이가 없었다. 그리고 1년 전부터 유학을 갈 거란 걸 알고 있었다니. 참나.

하지만 나보다 잘난 게 있는 것 같다면, 그 여자가 확실하게 부러운 게 있다면, 내가 사랑을 받고 싶었던 사람에게서 사랑을 받고 있다는 것. 그것이 내 마음 깊은 곳까지 아프게 만들었다.

그런 비교를 할수록 그 애한테서 사랑받고 있는 이 여자가 나와는 전혀 다른 타입이라는 걸 느꼈다. 그렇게… 나와는 전혀 다른 여자이기에, 그 애는 나를 좋아할 수 없었다고, 어쩌면 나는 내가 좋아하는 그 애한테선, 처음부터 사랑받을 수 없었다는 생각이 들게 만들었다.

'애초에 걔가 나를 좋아해주지 않을까 하고 생각했던 것 자체가…' 그런 생각 자체가 나 자신을 쓸쓸하게 만들었다. 나는 분명, 내가 좋아하는 사람이 나를 좋아해주길 바라면서, 그런 마음이 계속된다면, 그 녀석도 나를 좋아해주지 않을까 하는 보상을 기대했을지도 몰랐다.

애초부터 그런 마음을 표현한 것도 아니면서 무슨 욕심이 그렇게나 많았던 건지. 그날 밤은 이불을 뒤집어쓰고 얼마나 울었는지 기억이 나질 않는다. 무엇보다 속상한 건, 내가 이렇게 복잡한 심정으로 어쩔 줄 모르고 있는데, 그 녀석은 분명 나에 대해서는 아무런 감정도 없을 거라는 부분이었다. 멋대로 혼자 좋아하다가, 혼자서 배신감을 느끼고, 스스로에게 상처를 내는 것 같아서 너무 한심해 보였다.

누군가를 좋아하고, 그게 아무런 소용없다고 느끼게 되는 게 이렇게나 허무하고 괴로운 일이 될 줄은 상상도 하지 못했다.

그 후 그 녀석은, 인사도 없이 한국을 떠나 스코틀랜드로 유학을 갔다. 그 후로 완전히 직접적인 연락은 끊겼다. 그저 부모님끼리의 대화에서 흘러나오는 정보를 얻는 정도뿐이었고, 그 녀석은 몇 년이 지나도 한국에 돌아오지 않았다.

오히려 그의 부모님이 스코틀랜드에 직접 찾아갈 정도로, 이제는 완전히 그 나라에 정착한 듯했다. 아마 더는 얼굴 볼 일이 없을 것이다.

언젠가 그 녀석을 좋아했었지 하는 감정과 기억만을 떠올리면서 괜히 허탈해서 피식 웃음만 나왔다. 그렇게 느꼈을 때는 이미 6년이란 시간이 지난 후였다.

이제는 분명 그 녀석이 다시 내 앞에 나타난다고 한들, 평소와 다르지 않은 심장박동으로 그를 마주하고 있을 것이다. 결국 그렇게 남들과 다른, 특별한 짝사랑도 아니었다. 그저 아주 평범한 겁 많은 짝사랑이었을 뿐이었다.

그래도 분명, 그때는 그가 나를 좋아해주길 바란 건 사실이었다. 내가 좋아하는 사람이 나를 좋아해주는 것만큼 행복한 건 없으니까. 그런 마음은 그가 아니더라도 여전하다.

*

누군가를 좋아하면, 상대방도 호감을 느껴서 연인으로 이어지는 경우도 물론 있다. 사실 그 사람도 나를 좋아하고 있을 수도 있고, 한편 자신을 좋아한다는 것을 알게 된 후 태도가 바뀌는 사람도 있다. 사랑은 언제나 한쪽에서 신호를 보낸다고 이어지지는 않는다. 신호가 닿기를 바라면서 보낸다고 하더라도, 그 신호가 닿는지도 잘 모른다. 닿았다고 한들 거부당할지도 모른다.

인간관계가 어려운 만큼, 자신의 마음 때문에 상대방이 어떻게 변할지 모를 때 당연히 무섭기도 하고, 좋은 결과를 바라는 것도 당연하다.

그렇게 사람의 마음을 얻는 게 어렵다는 것을 알기에, 특히 사랑이라는 감정을 그 사람에게서부터 얻는다는 게 어려운 것 또한 알기에 이런 바람을 하게 된다.

'내가 좋아하는 사람도 나를 좋아하기를…'

장거리 연애를
받아들인다는 것

몸이 멀어지면 마음도 멀어진다는 말이 있다. 남자 친구가 군대에 가고 2년 동안 기다리거나, 한쪽이 다른 곳으로 전근을 가게 되면서 장거리 연애가 되는 경우는 생각보다 일상다반사다.

서로 볼 수 없게 되면 그만큼 그리워지고, 그게 심해지면 집착하게 되며 괴로워하고 서로 원하지 않는 방향으로 마음을 돌리게 되는 경우도 있다.

가까이 있지 않으면 서로 얼굴을 마주하고 대화할 수 있는 일이 적어지게 될 것이고, 서로가 갖고 있던 믿음은 어느새 한없이 가벼워지곤 한다. 그래서 사람들은 몸이 멀어지는 것을 두려워한다. 자신이 그런 입장이 되기 전에, 주변에서 얼마나 많은 사람들이 그런 계기로 이별을 했는지 흔하게 듣고 볼 수 있으니까.

멀리 보내는 사람도, 멀리 가는 사람도, 함께 버텨야 하는 장거리 연애. 어떻게 준비하고, 받아들여야 할까.

*

그와 사귀기 시작한 지 3개월이 조금 넘었을 때, 사실 나는 100일 기념이 다가와서 무슨 이벤트를 준비하고 있는 게 아닐까 생각하고 있었다. 심야 데이트는 처음이다 보니 기대감이 더 커졌다.

아르바이트 퇴근 시간인 9시가 빨리 되기를 바라며 시계를 계속 쳐다보곤 했다. 그와는 영화관에서 보기로 했고, 마침 보고 싶었던 영화도 있어서 꽤나 들떠 있었다. 하지만 그런 나와는 달리 영화를 보고 난 후, 그는 이렇게 말했다.

"나 미국에 가야 할 것 같아."

어째 심야 영화를 보는 내내 영화를 보고 있지 않다는 느낌이 들긴 했는데, 이 말을 하려고 그랬던 모양이었다. 어처구니가 없었다. 한국의 다른 지역도 아닌 지구의 정 반대쪽에 있는 미국에 간다는 말을 무슨 이런 식으로 하는 건지.

"그 말을… 무슨 통보를 하듯이 해?"

미국이 얼마나 멀든 그 이전에, 그런 중요한 이야기를 나와 이야기 한 번 나누지도 않은 채, 바로 자신의 결정을 통보하는 식으로 말하는 게 실망스러웠고 상처가 되었다.

그런 일이 있었다는 이야기를 함께 일하는 동생에게 말했다.

"와우, 갑분미. 갑자기 분위기 미국 어째."

"하아… 진짜….."

마음속에는 단순하게 무언가가 가득 차서 답답하다기보다는, '답답함'이 가득 차서 답답해 죽을 것 같았다. 정말 좋아해서 친구들에게 도움까지 받아가며 사귀게 된 사람인데, 잠시라도 그렇게 먼 곳으로 떠난다니, 이게 장거리 연애라는 건가 싶었다.

게다가 잠시라니. 지금의 나에게 '1년'은 잠시가 아니다. 그가 다시 한국에 돌아온다면 내 나이는 28세가 된다.

20대 후반에 접어들었는데, 모아둔 돈은 없고, 집안 형편은 어렵고, 직장도 아직 구하지 못해서 아르바이트하고 있는데, 미국에 가 있는 동안 1년을 기다리고 있으라니.

무엇보다 그와 사귄 기간이 그가 미국으로 떠나는 날 기준으로 6개월이 될 텐데, 사귀는 시간이 절대적으로 중요한 건 아니겠지만, 그래도 배보다 배꼽이 크다는 비유가 생각이 났다.

3개월 만난 남자 친구가 3개월 뒤에 1년 동안 미국에 간다고 하면,
차라리 그만 만나는 게 좋지 않겠냐는 말도 들을 것 같았다.

"언니, 남자 친구 한 번 믿어봐요."

"믿기야 믿지. 근데. 이건 그런 문제가 아니야."

물론 그가 내가 모르는 곳에서 확인하지 않는 이상 어떻게 지내는
지 알 수는 없을 것이다. 그게 미국인만큼 더 어렵다. 그래서 그가
바람을 피우거나 딴짓을 할 수 있는 가능성은 더 크다고 볼 수 있
지만, 아무리 그렇다고 한들 그를 못 믿는 게 아니었다. 그저 좋아
하는 사람을 자주 만나지도 못하는 먼 곳까지 보내는 게 싫을 뿐이
었다.

여전히 화가 나는 건, 그렇게나 중요한 일인데, "어떻게 그런 말을
나랑 이야기 한 번 없이 통보할 수 있는 거지?" 그런 부분이었다.

"그래놓고, 기다려 줄 수 있냐고 묻는 건 정말 치사한 거 아냐?"

"그건 좀 언니 남친이 실수했네. 근데 미국엔 갑자기 왜 간대요?"

"회사에서 미국으로 단기간 파견직을 희망하는 사람을 모집했다는
데, 그게 될 줄은 몰랐다나 봐."

"그걸 말 안 했대요?

"나랑 만나기 전의 일이었다고 하더라고."

"그럼 안 될 줄 알고, 말 안 했다는 거네요?"

"말은 그렇다고 하는데."

나와 의견을 나눈 적이 없으니 그저 그렇게 믿는 수밖에 없었다. 그저 이해만 해야 되는 입장이라서 더 섭섭했다.

무엇보다 최근에는 친구가 장거리 연애를 하면서 남자 친구에게 다른 여자가 생겨서 헤어지자는 말을 들었다는 이야기를 들은 터라 더 예민했다. 나는 한숨을 길게 내쉬며 중얼거리듯 말했다.

"군대 가는 남친 기다리는 것도 아니고. 그냥 이 상황 자체가 너무 싫다."

나는 결정을 해야만 했다. 그런데 그 와중에 그는 말했다.

"미국에서 돌아오면, 너랑 결혼할 거야."

이 말을 하고 있는 그가 어쩜 그렇게 어린애처럼 느껴지는지. 나를 달래려고 그러는 건지 모르겠지만, 그런 말을 해준다고 기분이 좋아지진 않았다. 현실적으로 이런 와중에 마냥 환상만 그려보는 그가 무책임해 보여 왠지 미워지기까지 했다.

"……."

그렇게 대답하지 않는 나를 보고, 예상 밖이었는지 그는 말했다.

"넌 그럴 생각 없어?"

솔직히 말해서, 그를 순순히 기다릴 자신이 없었다. 그렇다고 기다릴 순 없으니까 헤어지자고 말할 수 있는 것도 아니었다. 그가 그렇게 잠시 떠난다고 해서 그동안 좋아했던 감정도, 지금의 감정도 사라지는 건 아니었기 때문이었다. 그만큼 그를 좋아하는 것도 사실이지만, 낭만적으로만 생각할 수 있는 부분은 아니었다.

"그래. 알았어." 결국 나는 그렇게 대답해주었다.

사실 그는 내가 바라던 이상형에서 아주 거리가 먼 편이었다. 눈도 동그랗고 코도 오똑하고 피부가 하얀 남자보다는, 남자답고 멋있는 분위기의 남자를 좋아했다.

하지만 그는 피부도 하얗고, 코가 오똑하지는 않지만, 쌍꺼풀이 가지런하게 자리 잡은 게 어떤 연예인을 떠올리게 했다.

그럼에도 그렇게 그가 좋았던 이유는 정확히 알 수 없다. 그저 이상형과 별개로 그가 좋았고, 그와 사귀고 싶어서 주변 사람들에게 도움도 받았다. 그리 오래된 일도 아니지만, 그렇게나 좋아했던 시절을 생각하면, 그를 외면할 수 없었다.

그동안 3개월을 만났든 1년을 만났든, 그때만큼 좋아하는 것도 여전하기에 그를 포기하고 싶진 않았다.

그렇게 그가 떠나는 날짜가 정해지기 전, 우리는 최대한 자주 보려고 노력했다. 나중에 볼 수 없는 기간을 대신 할 수 있을 만큼. 내가 그 사람이 일하는 곳으로 마중을 가기도 했고, 내가 아르바이트하는 곳으로 그가 찾아오는 경우도 있었다. 또 다른 친구들과 놀다가도 그가 보고 싶어지면, 그의 자취방으로 가기도 했다.

술자리 분위기를 좋아해서 어울리는 와중에서도, 그와 만날 시간이 맞춰지면 바로 자리를 떠서 그에게 달려가곤 했다. 여느 커플과 다름없이 볼 수 있을 때 마음껏 볼 수 있도록.

반대로 그는 내가 아르바이트를 늦게까지 하고 있을 땐 PC방에서 게임을 하면서 시간을 때우곤 했다. 하지만 그는 내가 마치는 시간에 정확하게 오는 경우는 드물었고, 내가 그 PC방을 찾아가 그가 게임하는 것을 구경하는 데이트가 되곤 했다.

그가 게임하는 화면을 조용히 바라보고 있으면, 옆에서 지켜보고 있는 내 눈치를 보면서 그는 말했다.

"재미없으면 다른 데 갈까?"

"아니 괜찮아. 어차피 다른 거 할 것도 없잖아."

그래서 방심한 것일지도 몰랐다. 나는 늘 그를 기다리고 있었다.

어떤 날은 아르바이트를 마치고 전화를 하면 축구게임을 하면서 기다리겠거니 싶었지만, 전화를 받지 않았다.

한참 게임에 열중한다고 못 받나 싶어서 10분 후에 다시 걸었지만, 역시 받지 않았고 회신도 오지 않았다. 그는 폰을 가방에 넣은 탓에 몰랐다고 했고, 30분을 기다린 끝에서야 연락이 닿았다.

"왜 전화 안 했어? 뭐 하느라고 늦은 건데?"

"아니, 아…."

그는 고개를 절레절레 흔들더니 다시 말했다.

"미안해. 오고는 있었는데 잠깐 딴길로 새버려서."

"그러면 그렇다고 미리 말해주면 되잖아?"

"굳이…, 늦은 건 미안해. 근데 이렇게 늦을 줄도 몰랐고, 어차피 오고 있던 중이었으니까. 이렇게 화낼 줄 몰랐어."

"지금 이거… 내가 이해해줘야 하는, 그런 상황이야?"

나는 잊고 있었다. 아무리 그가 미국으로 가게 될 줄 모르고 지원 서류를 넣었다고 한들, 그 결과를 통보만 했던 그의 행동은 성격의 일부였다는 것을. 그리고 그 부분이 잘못되었다고 고쳐야 할 점이라고 제대로 이야기를 해본 적이 없었다.

그의 행동은 대부분 그랬다. 그가 술을 마시러 갈 때도, 술을 다 마시고 나서야 술을 마셨다고 연락했고, 어디에서 누구를 만나러 간다고 한들 내가 전화해서 누구랑 있는지 확인한 후에야 누군가와 같이 있는 걸 알게 되곤 했다.

매번 내가 먼저 확인해야 했고, 확인이 되지 않으면 늘 기다렸다. 그러면서 그는 나에게 "뭐 하러 그런 생각을 해?"라고 말하곤 했다. 그는 '어차피' 약속을 어기지 않을 것이기 때문에 '나를 믿어주면 된다'라는 이기적인 사고방식을 갖고 있었다. 내가 그를 믿지 않으면 내가 이상한 것에 불과하다는 듯이.

대체 이 인간은 여자 친구를 뭐라고 생각하는 건지, 한 번 확인해보고 싶다는 생각이 들었다. 그런 적이 한두 번도 아니었고, 그가 미국으로 떠나기도 전에 이미 지쳐가고 있었다. 아직 미국에 가지 않았는데도 나는 늘 기다리고만 있었던 것이다.

"지금 여기가 한국인데, 한국에서도 이러는데. 미국 가면 잘도 연락하고 잘 기다리겠다. 그치?"

그 말을 시작으로 나는 그에게 이렇게 말했다.

"나, 못 기다려."

그렇게 나는 돌아섰다. 그는 미안하다고 메시지를 보내고, 연락을 보내왔지만, 받고 싶지 않았다. 그렇게 다시 받아준다고 한들, 그가 고치겠다고 한들, 나는 결국 또 기다려야 할 뿐이었다.

그렇게 외로운 사랑을 하고 싶지 않았다. 그게 욕심인지 모르겠지만, 그저 평범하게 다른 연인들처럼 연애하고 사랑하고 싶었다. 그런 생각을 하는 것을 보면, 그의 행동에 불만은 있었지만, 그걸 이유 삼아서 내가 편해지고 싶어 헤어질 구실을 찾는 건 아닌지 마음이 복잡했다.

하지만 그렇게 구실이 필요한 것처럼, 사실은 여전히 그를 많이 좋아하는 게 아닐까 하는 생각이 있었다. 아직까지도 평범하게 다른 연인들처럼 연애하고 사랑하고 싶다는 머릿속의 그림에는 여전히 그 사람이 내 옆자리에 있었다.

아르바이트를 하면서도, 침대에 누워 있어도, 재미있는 예능 프로그램을 봐도, 흥미진진한 영화를 눈앞에 두어도, 그 어떤 분위기에 끌려갈 수 없을 정도로 내 기분은 잠겨 있었다.

휴대폰을 집어 들었다. 아직까지도 그는 계속 미안하다는 말을 하고 있었다. 그 메시지들을 다시 한 번 차근차근 읽어 나갔다. 그리고 제일 최근의 문자를 보고 지금 우리 집 앞에서 기다리고 있다는 것을 알 수 있었다.

빌라 꼭대기에 위치한 우리 집 창문에서 얼굴을 내밀어, 그가 정말 있는지 살펴보았다. 아직 추운 날씨인데, 그는 코트 하나 걸쳐 입고 입김을 내뱉고 있었다. 거울을 보니 내 상태도 엉망이었지만, 그렇다고 신경을 많이 쓰고 싶지도 않았다.

세수를 하고 간단히 정돈한 뒤 모자를 깊게 눌러 쓰고 거울을 보았다. 여전히 모자가 어울리지 않았지만, 이게 최선인 것 같았다. 그리고 그렇게 만나자마자, 그는 또다시 미안하다는 말부터 했다. 그 말이 왠지 이젠 싫증이 나기도 했다.

미안한 마음을 받고 싶은 입장이고 싶지 않은데, 그저 동등하고 평범한 연인이 되고 싶었을 뿐인데, 그는 어떤 말을 해야 할지 모르겠다는 표정으로 미안하다는 말만 계속 내뱉고 있었다.

"내가 저번에 말했잖아. 한국에서도 이런데, 미국 가면 얼마나 더 심하겠냐고."

"미안해. 내가 고칠게. 내가 다시 잘해볼게."

"그게 아니야."

나는 고개를 가로저었다. 갈등은 머릿속을 복잡하게 만들고 지치게 하지만, 연인인 만큼 함께 잘 해결해 나갈 수 있을 거라고 생각한다. 분명 그게 잘 된다면 좋은 연인으로 계속 나아가겠지만, 그게 문제가 아니었다.

앞으로 1년은 서로 볼 수 없을 정도로 먼 거리에 떨어져 있어야 한다. 나는 여전히 그 점이 싫다. 함께 이겨낸다고 한들, 그 과정이 괴로울 거라는 것을 이미 느끼고 있었고, 그걸 받아들여야 한다는 사실 또한 괴로워서 받아들이고 싶지 않았다. 힘들고, 그리워하기만 하는 연애를 하고 싶지 않았다. 평범하게, 일반적으로 행복하고 싶었다.

내가 힘들고 괴롭고 보고 싶을 때, 그가 나를 보러 와줄 수 없다는 게, 내가 그 사람을 바로 보러 갈 수 없다는 게, 그런 사실을 받아들이고 싶지 않았다. 그런 사랑을 하고 싶지 않았다.

"나는 그저 오빠가 옆에 없는 게 싫어. 어쩌면 투정 부리는 걸지도 몰라. 그러니까 그렇게 멀리 가지 말라고."

결국 본심을 말해버리고 말았다. 미국으로 가지 말라고. 일을 포기하고 그냥 여기 있어 달라고. 이기적인 내가 되어보았더니, 그제야 조금 속이 시원해지는 것 같았다. 그리고 눈물이 흘렀다.

"내가 더 잘할게."

그는 그렇게 말했고, 나는 다시 고개를 저었다.

"아니, 내가 원하는 건 그런 게 아니라니까."

"그런 말을 하는 게 아니야. 물론 이전에 내가 잘못한 것도 포함하

"나는 그저 오빠가 옆에 없는 게 싫어.

그러니까 가지 말라고."

는 거지만."

그리고 내 두 손을 잡고 따뜻하게 감싸 안았다.

"분명 힘들 거야. 더 외로울지도 모르고 더 싸울지도 몰라. 내가 내 잘못을 고친다고 해도, 또 실수할지도 몰라. 그거, 정말 어렵겠지. 기다리는 것도 기다리는 것을 버티는 것도. 그래도."

그의 남은 한 마디는 결국 내가 받아들일 수밖에 없게 만들었다.

"내가 바뀔 수 있게 네가 좀 도와주라. 제발."

그의 출국 날짜가 정해졌다. 3월 14일 화이트데이다.

공교롭게도 밸런타인데이 때는 그와 다투고 있던 때라서 초콜릿도 주지 못했다. 그렇다고 사탕을 바란 것도 아니었다. 그저 그가 떠나는 날이라는 것에만 집중했다. 그에게 선물로 지갑을 하나 해주고 싶었다.

그래도 미국으로 일하러 가는 건데, 어느 곳에 있든 누구나 알아볼 정도의 유명한 브랜드 지갑을 선물해주고 싶었다. 예전에 아빠가 친오빠에게, "남자는 자신 있게 지갑을 꺼낼 줄 알아야 한다" 하시며 명품 지갑을 선물해주셨던 기억이 떠올랐다. 아빠가 왜 그런 말을 하셨는지 어릴 땐 몰랐는데, 지금은 이해가 되었다.

인종차별이 있을지도 모르는데, 내 남자가 기죽는 모습은 상상도 하고 싶지 않았다. 또한 내 남자가 지갑을 꺼낼 때만큼이라도 당당

했으면 했다. 그게 나름의 내조라고 생각하면서, 아르바이트 월급과 다음 달 월급 일부를 미리 받아 깔끔한 지갑을 샀다.

"챙길 건 다 챙겼어?"

"챙길 거라. 뭐, 그렇지."

"뭔가 군대 보내는 것 같네."

"군대 간 남친 기다려본 적 있어?"

"아니, 나 그런 거 싫어서 처음부터 군필 만났어."

"…굳이 그런 거 말 안 해줘도 괜찮은데."

그는 수많은 짐들 중, 종이가방을 하나를 나에게 건넸다. 그도 뭔가 준비한 모양이었다.

"이거, 선물."

"뭐야, 이게?"

"지갑에 대한 보답."

그리고 그는 자신의 짐을 살짝 내려놓고 살포시 나를 감싸 안았다. 뭔가 기분이 묘했다. 당분간은 이게 마지막 포옹이겠다는 생각에. 포옹 시간은 그리 길지 않았고, 그는 멀리서 기다리는 가족들에게 향했다. 그렇게 그는 가족들과 인사를 나누고, 계속 멀어지면서 나에게 손을 흔들었다.

그의 선물은 높지 않은 굽이 달린 검은색 구두였다. 그 안에는 꾸밈 없는 편지도 한 통 들어 있었다.

'너를 정말 좋아하지만, 네가 그렇게 울면서 괴로워하는 건 못 보겠더라. 그 모습을 보는 나도 괴로워서. 그러니까 정말 힘들면 참지 않아도 돼. 그래도, 그래도, 노력은 해보자.'

신발을 선물하면 애인이 도망간다는 말이 떠올랐다. 아마도 나에게 부담을 덜어주고 싶어서, 그런 의미의 선물인 듯했다. 힘들면 돌아서도 괜찮다고.
하지만 이런 배려 같지 않은 배려는, 어렵게 붙잡으며 버텨내고 있던 내 감정을 오히려 흩뜨렸다.
그날 나는 돌아가는 기차 안에서부터 집으로 가는 내내 옷소매가 마를 일이 없었다. 결국엔 그 과정도, 어떻게 맺어질지 모르는 결말도, 그저 받아들여야만 했다.

나는 절친과 전 애인의
연애를 용납할 수 있을까

사람들은 '남녀 사이에 친구라는 관계가 있다, 없다'로 논쟁을 하곤 한다. 아주 오랫동안 친하게 지냈던 친구 사이라도 서로 호감이 있었던 만큼 어느 순간이라도 사랑으로 변할 수 있다. 사람은 쉽게 변하지 않지만, 마음은 쉽게 변할 수 있다.

사랑이라는 감정은 자신의 이성과는 다르게 나를 멋대로 좌지우지하며, 오랫동안 유지했던 관계에 균열을 가져오기 때문이다.

그만큼 누군가를 사랑하게 된다는 것은 마냥 행복한 감정만을 선사하는 건 아닐 거다. 내가 좋아하는 사람이, 다른 친한 친구가 좋아하는 사람이고 서로 사귈 수도 있으며, 내가 그 친구의 입장이 되어 있을 수도 있다.

그렇게 누군가를 좋아하는 감정이 마냥 내 마음만 혼잡하게 만들 때도 있을 것이다. 그만큼 사랑이라는 감정은 내가 원할 때만 나타나는 것도 아니다.

*

우리 입장에서는 시골이라고 하기에 조금 애매한 느낌이지만, 도시 사람들 입장에서는 모두 시골이라고 말하는 곳에서 함께 자란 친구들이 있다. 그 고향 친구 둘과 함께 같은 학교와 학과에 합격하여 함께 생활하게 되었다.

타지 생활은 여러 가지 이유로 힘들겠지만, 13년지기 친구들이 옆에 있기에 서로 의지하면서 잘 지낼 수 있었다. 두 친구 중 한 명은 남자, 한 명은 여자였다.

우리는 생활비를 절약하기 위해 세 명이 함께 쓸 방을 찾을까도 생각해봤지만, 성별이 다르기에 여자 녀석은 기숙사 생활을 하고, 우리 두 사람은 원룸에서 함께 지내기로 했다.

대학 1학년 생활은 그야말로 놀러 다니느라 바빴다. 틈만 나면 술을 마시고, 해가 뜰 때 집으로 들어오곤 했다. 타지 적응에 대한 고민이 무색하게 느껴질 정도로 너무 잘 지냈다.

처음에는 우리 셋이 놀러 다닌 경우가 많았지만, 시간이 지나면서 서로 적응하고 새로운 친구를 만나서인지 각자 따로 다니는 경우도 있었다.

나는 술을 마시면 두통이 심해서 사람들과 그리 잘 어울리지 못했는데, 친구 녀석은 집에 안 들어오는 날이 점점 늘어나기 시작했다. 어쩌다 일찍 들어온 날에는 밤늦은 시간에 꼭 외출을 했다. 알고 보니, 그의 모든 행동에는 이유가 있었다.

"너희들이 사귄다고? 진심으로? 너희들끼리 장난치는 것도 아니고?"

나는 내 이마를 손바닥으로 '탁!' 하고 쳤다. 알고 보니 나를 빼놓고 고향 친구였던 두 녀석은 서로 사귀고 있었다.

상상도 못했던 일이었다. 어린 시절부터 친구로 생각하고 쭉 지내 왔는데, 어떻게 13년의 관계가 이렇게 급작스럽게 변할 수 있는지, 결코 예상치 못했던 일이었다. 살짝 소외된 기분이 들기도 했다.

그렇다고 셋이서 함께 보내는 시간이 예전보다 줄어든 것도 아니었다. 물론 두 사람만의 시간을 보내고 싶은 순간도 많겠지만, 대부분 나 또한 함께 시간을 보내자며 손을 건넸다.

"근데 너희들은 그동안 그렇게 붙어 있었으면서, 왜 이제 와서 그렇

게 된 거냐?"

내가 물었다. 13년을 친구로 지냈는데도 그런 감정이 생길 수 있는
건지, 아니면 그동안 나만 모른 채 숨기고 있었던 건지, 정말 궁금
했다.

남자 녀석이 대답했다.

"아니, 담배 냄새 겁나게 풍기고 다니는 선배 있잖아?"

"어, 복학한 형."

"그 인간이 얘한테 겁나 집적대는 거야."

남자 녀석은 여자 녀석을 가리켰다.

"그런데?"

"근데 말이야, 얘가. 그 인간이 집적대는데 싫은 기색 안 하고 겁나
웃어주는 거 있지?"

"뭐야? 그 형한테 마음 있었던 거야?"

나는 여자 녀석에게 물었다.

"아니, 그냥 적당히 대해준 것뿐인데, 얘가 괜히 질투해서 그런 거
야."

어릴 적부터 셋이서 시간을 많이 보냈지만 그동안 다른 사람들이
우리 셋 사이에 낀 적은 한 번도 없었다. 그만큼 다른 또래들이 많
지도 않았고, 있었다고 한들 잠시 뿐이었다. 그렇기에 우리 친구 사
이가 더 돈독할 수 있었다.

하지만 대학생이 되면서 우리들에게 찾아온 제일 큰 변화가 바로 주변 사람들이었다. 그들로 인해 이전에는 느끼지 못했던 감정들이 태어난 것이다.

세상에는 남녀 사이에 친구란 없다고 하지만, 우리는 예외인 줄 알았다. 역시 '절대'라는 것은 없는 모양이었다. 두 사람은 친구로 지낸 기간이 길었던 만큼, 연인으로 지내는 게 어색할 줄 알았다.

그런데 나름 연인으로서 잘 지내는지 남자 녀석은 아예 집에 들어오지도 않고, 여자 녀석과 데이트를 하곤 했다. 그 둘이 사랑하는 연인 사이임을 깨닫고 떠올려 봤지만, 이상하게도 어떤 그림도 그려지지 않았다.

두 사람의 연애는 1년이 다가오기 직전에 끝이 나고 말았다. 남자 녀석이 다른 여자에게 시선을 두는 것을 계기로 싸움이 시작되었고, 한 번 시작된 싸움의 불은 계속 크게 번져가면서 둘은 결국 헤어지고 말았다.

1년 전만 해도 영원할 것 같았던 13년지기 고향 친구들이었는데, 그런 관계에서 끝이 났던 만큼 셋이서 함께 만나기 껄끄러운 상태가 되었다. 결국 나는 그 두 사람을 따로따로 만나야 했고, 더 이상 셋이서 함께 시간을 보내는 경우는 없을 것만 같았다.

그냥 잊어버리려고 하는, 남자 친구 녀석에게 물었다.

"그래도 오랜 친구잖아. 고향 친구고, 앞으로 살면서 자주 마주치게 될 것 같은데, 괜찮겠냐?"

그게 문제였다. 부모님과는 물론 양쪽 가족들끼리도 전부 다 아는 사이였다. 그건 나도 마찬가지였다. 어쨌든 앞으로 만날 일은 불 보듯 뻔했다. 부모님들이 아시면 어떻게 받아들이실지 모르겠지만, 이런 일을 예상 못한 것도 아니었다.

"아, 몰라. 너 군대 가고, 나도 군대 가면 그냥 정리되겠지."

"언제까지 그렇게 대충할래? 그러다가 실수한 거잖아."

"됐다, 그냥. 눈앞에 보이지 않는 이상 걔 얘기 꺼내지 말자."

녀석은 웬만하면 헤어진 여자 친구 이야기는 피하고 싶어 했다. 이제는 정말 이성으로서든 친구로서든, 보고 싶지도 좋아하는 마음도 전혀 없는 것인지, 그동안 쌓아왔던 우리들의 관계가 참 덧없어 보였다.

반대로 여자 녀석은 입장과 생각이 달랐다.

"그 새끼 진짜 나쁜 새끼 아니냐? 어떻게… 그렇게 좋다고 할 때는 언제고."

나와 만날 때면, 여자 녀석은 그 녀석 욕만 했고, 미련이 생겨 혹시라도 그 녀석에게 전화라도 할까 봐, 술을 마시는 동안 나에게 휴대폰을 맡겨 놓기도 했다.

"나 이제 걔 얼굴 어떻게 보고 사냐?"

"그게 걱정이 되긴 해?"

"사귈 땐 어떻게 사귄다는 말을 고향 사람들에게 하나 싶었는데, 이제는 헤어졌다는 말을 어떻게 해야 할지…, 뭐가 이렇게 골치가 아프냐."

"너희들 사귀는 시점에서 이렇게 될 가능성도 조금은 생각했잖아."

"뭐? 무슨 소리야? 나는 그런 생각 전혀 없었거든? 그 새끼는 그러디?"

"아니… 그냥, 내 생각이야."

잠시 스스로 생각을 정리해봤다. 나는 왜 이 두 사람이 끝까지 사귀지 못하고, 이런 결말이 올 수도 있을 거라고 생각했을까? 뭔가 묘한 기분이 들었다.

그렇게 여자 녀석과 술을 마시게 되면 항상 만취하는 건 그 녀석뿐이었다. 그런 날은 업어서 기숙사까지 데려다주곤 했다. 여자 기숙사라서 남자인 내가 방 안까지 들어갈 수 없었는데, 어느 날인가는 너무 늦게 도착했는지 입실 시간이 지나버려서 아예 안으로 들어갈 수가 없었다.

내 원룸에는 그 녀석이 있어서, 여자 녀석을 데려갈 수도 없었다. 그래서 모텔을 찾았다. '우리는 친구니까 크게 상관없겠지' 하면서. 여자 녀석을 업고 방 안으로 들어갔다. 숙박비는 또 얼마나 비싼지, 이 시간에는 대실이 되지 않는다고 해서 얼마 남지 않은 용돈까지

258

지불했다.

그날 밤 그 녀석을 모텔에 놓고 나올까 싶었지만, 그냥 그 안에서 함께 자기로 했다. 혼자 낯선 공간에 있으면 무서워할 것도 같고, 왠지 마음에 걸렸다. 녀석을 침대 위에 재워놓고 나는 그냥 바닥에 대충 누워서 잠을 청했다.

하지만 바로 잠이 오지 않았다. 어째 단둘이 같은 방에 있는 것도 신경이 쓰였고, 녀석의 잠버릇은 또 얼마나 심한지 계속 뒤척였고, 옷은 자꾸 뒤집어졌다. 그걸 가려주려고 계속 이불을 덮어주었다.

그런 생각을 해봤다. 그 두 사람이 서로 좋다고 애지중지할 때, 특히 내가 없는 자리에서는 어떤 애정 표현을 하고, 어떤 말투와 어떤 손짓을 했을지. 지금 우리 둘이 이렇게 같은 방에 있는 것처럼 예전에 두 사람도 얼마나 뜨거운 사랑을 나눴을지. 이번에는 그럴 듯한 장소에 있다 보니 그림이 그려질 수 있을 것 같았다. 뒤늦게서야 그런 망상에 미안하기도 했다.

잠시 그녀를 쳐다보았다. 친한 친구이지만, 그녀 역시 여자였다. 예전에도 같은 방에서 단둘이 있었던 적이 있었지만, 지금은 왠지 그때 기분과는 전혀 다른 느낌이었다.

그 후 몇 달이 지나 입영 날짜가 정해졌다. 함께 지냈던 남자 친구 녀석은 좀 늦게 군대에 갈 예정이어서, 원룸에서 계속 살기로 했다.

'카톡! 카톡!' 메시지가 들어왔다.

그녀와 우리 사이는 여전했다. 셋이서 이렇게 갈라지다 보니, 그녀와의 전화 연락은 이전보다 더 잦아졌다. 나는 그 내용을 보면서 혼자 웃었다. 답 문자를 쓰고 지우고를 몇 차례 반복한 후에 메시지를 보냈다.

"야, 너 뭐하냐?" 남자 친구 녀석이 물었다.

"어? 잠깐 톡 하나만 보내고."

"누군데 그렇게 실실 쪼개고 있냐?"

"어?"

나는 괜히 급하게 휴대폰을 바지 주머니에 숨기듯 넣었다. 그런 후에 다시 메시지 내용을 확인했다. 생각해보면 내 말투들이 뭔가 많이 나긋나긋해져 있었다. 우리가 언제 이렇게 다정한 메시지를 주고받았던 건지 새삼 놀라웠다. 원래는 서슴없이 욕하고 그런 사이였는데.

"여자 소개받았냐?"

"어? 아니?"

"얼굴 보니까 여자랑 대화하는 것 같은데? 누구냐? 너, 다른 여자애들은 엄청 낯가리잖아."

오랜 친구 사이는 어떨 땐 정말 불편하다. 숨기고 싶어도 전혀 숨길 수가 없다. 서로의 버릇이나 습관은 물론 성향까지 잘 알고 있다 보니. 남자 친구 녀석은 뭔가 의심스럽다는 듯이 나를 바라봤다. 심증은 있지만 증거가 없어서 확실히 말하지 못하겠다는 느낌으로.

그의 말처럼 나는 이성과 친해지는 걸 어려워하는 편이었다. 적응이 필요해서 일시적으로 느끼는 문제라고 생각했지만, 1년이 넘는 대학 생활을 하면서 친하게 지내는 이성 친구는 여전히 그 녀석뿐이었다.

눈앞에 있는 친구 녀석의 표정이 잔뜩 굳어졌다. 나는 그녀와 연락하고 있다고 말했다.

"야. 미안한데, 너 이제 그러면 안 돼."

"뭐? 우리 셋이 친구였는데 왜?"

"그랬지. 친구였고, 나는 걔 애인이었고, 이젠 친구라고 부르기도 어렵지."

"아니 무슨, 나는⋯."

"야, 미안한데, 이거 그냥 남 일이라고 말할 수 없잖아. 우리 사이가 그런 사이는 아니잖아."

억울했다. 너희들이 서로 좋아서 나도 모르게 사귀다가 그렇게 끝났으면서, 왜 나에게 이런 억울한 입장을 넘겨주는 건지 모르겠다.

"야, 너 말이야. 걔 보면서 나도 이렇게 볼 수 있는 거냐?"

"친구를 보는 건데, 뭐 어떻다고 그래?"

"내가 걔를 좋아했잖아⋯. 야⋯ 너 설마 걔 진짜로 좋아하는 거냐?

진짜로?"

이미 우리 셋의 친구 사이에서 좋은 의미든 나쁜 의미든 한 번씩 친구로서의 관계는 끝이 났었다. 그 둘이 이제 애인이 아니고, 친구도 아니게 된 만큼, 간접적으로 영향을 받았던 나 또한 단순한 친구 관계로 남을 수 없게 것이다.

그녀는 남자 친구 녀석과 헤어진 이후로도 계속 외로워했고 힘들어 했으며, 많이 슬퍼했다. 나는 그녀를 달래고 위로하며 어느 순간부터인지는 잘 모르겠지만, 내 마음도 조금씩 그녀를 향해 가고 있었다.

사실 남자 친구 녀석에게는 숨기고 싶었지만, 그럴 수도 없는 사이였다. 깊이 생각할 겨를도 없이 녀석은 나에게 선택지를 주었다.

"야. 너 이거 배신하는 거나 다름없어. 어떻게 친구가 사귀었던 애랑 사귈 수 있냐?"

"너도 막무가내인 거 알아? 너희 둘이 지금 사귀는 것도 아니잖아."

"나 보고 전 여친이랑 제일 친한 친구랑 연애질 하는 걸 보라고? 그게 가능할 거라고 생각하냐?"

"내가 그러겠다고 하는 것도 아니잖아."

"그럼 선택하면 되잖아. 걔, 안 보면 되겠네."

"친구인데… 오랜 친구인데 어떻게 안 보냐. 너도 걔도 서로 오랜 친구였잖아."

"더 이상 오랜 친구도 아니고 뭐도 아니야. 그저 헤어진 전 여자일 뿐이야. 결국 사람 사이의 관계는 마지막 매듭에서 정리되는 거야. 그런 너는, 걔가 친구인 건 맞아? 친구이고 싶은 거 맞아? 그러면 아무런 말도 하지 않을게."

나는 바로 대답하지 않았다. 아무리 지금 눈앞에 있는 이 친구가 치사하다고, 비겁하다고 느껴도 하나밖에 없는 절친이란 사실도 변함없었다.

하지만 그렇기 때문에 이 녀석도 나를 이해해주지 않을까 기대했다. 녀석은 소주 한 잔을 바로 넘기고 나에게 말했다.

"이거, 선택해야 하는 거야. 걔를 볼지, 나를 볼지."

분명 우리 셋은 한 마을에서 태어나고 자라면서 성인이 될 때까지도 함께 잘 지내왔는데, 어느 순간부터 갈기갈기 찢어진 종이처럼 엉망인 사이가 되어 있었다.

나는 누구를 선택해야 하는 걸까. 정말 둘 중 한 사람을 선택해야 하는 걸까. 뭔가 억울한 기분이 들었지만, 녀석의 얼굴을 보니, 이미 나에게 잔뜩 배신감을 느끼고 있는 듯 보였다.

도대체 왜 이런 사랑을 바라보게 된 건지, 이미 빠져들기 시작한 만큼 괴로운 마음도 피할 수 없었다. 쓸쓸한 웃음만 새어나왔다. 나로서는 이게 첫사랑이 될 것 같은데, 너무나도 난이도가 높은 이야기가 될 것 같다는 생각이 들었다.

무슨 불륜을 저지르는 것도 아닌데, 사랑에 빠지기 시작한 게 왜 이리 괴롭고 복잡한지, '사랑, 정말 어렵다.'

정말 내가 잘못하고 있는 걸까. 그렇게 나는 친구를 앞에 두고, 취하지 않는 술을 계속 마시고 있었다. 하지만 이런 생각은 여전히 가시지 않았다.

'니들 진짜 치사하다.'

내 남자 친구의
첫 연애가 늦었던 이유

어느 날 아르바이트를 하고 있던 동기에게서 문자가 날아왔다.

"너, 남자 소개받을래?"

그 말에 나는 칼같이 답장을 했다.

"별로. 생각 없어."

한참 심난한 시기였다. 대학 3학년이 되면서 학점에 빨간 신호등이 켜졌고, 가뜩이나 취업 고민을 하던 중이어서, 연애는 사치에 불과했다. 최근에 받은 시험 결과는 생각보다 더 처참했기에 스스로에게 경각심을 줄 필요도 있었다.

그 후로 매일 같이 학교 강의가 끝나면 도서관에서 공부하고, 주말에는 자격증 시험을 보면서 영어 공부를 하곤 했다. 그렇게 일상이 반복되는 만큼 먹는 것도 매일 똑같았다.

학교 기숙사에 들어가면서 기숙사식을 미리 지불한 만큼, 먹지 않으면 손해였기에 꼬박꼬박 챙겨 먹었다. 사실 그렇게 맛있지는 않아서 기숙사 밥이 먹기 싫었던 적도 많았다.

그리고 같은 방을 쓰는 동기는 아르바이트 때문에 매번 기숙사 밥을 챙겨 먹지 못했는데, 항상 배고프다는 동기가, 예전과는 달리 최근에는 아르바이트 마치고 돌아온 후에도 배고프다는 말을 별로 하지 않았다.

'걔 성격을 봐서는 돈 아까워서 밥도 안 사 먹을 거고, 기숙사 밥이라도 억지로 챙겨 먹으려고 했을 텐데.'

걱정과 달리, 동기는 아르바이트 하는 곳에서 식사를 잘 챙겨준다고 대답했다.

"저번에 내가 소개해준다는 사람 있잖아?"

"어? 언제?"

"며칠 전에. 네가 바로 거절하길래 그 이후로 말을 안 했지."

그 동기가 소개해주겠다고 한 남자는, 동기가 일하는 곳의 요리사였는데, 사장님 눈치를 이리저리 보면서 식사를 잘 챙겨주는 모양

이었다. 그렇게 저녁에 아르바이트하는 곳에서 밥을 챙겨주다 보니
기숙사 밥은 별로 신경 쓰지 않게 된 것이다.

"그래서 사장님 쉬는 날이면 이것저것 해달라고 조르기도 해."

"좋겠네. 맛있는 것도 공짜로 먹고."

"너도 와. 손님으로. 내 친구라고 하면 서비스도 줄 걸? 저번에 보니
까 피자 한 판도 그냥 주시던데."

"그럴 거면 그냥 일 마치면서 내 것도 같이 싸오지 그랬냐."

"그건 좀 염치없지 않나?"

"사장님 입장에서 보면, 이미 충분히 염치없잖아."

이후 어느 날, 꿀꿀한 기분을 달래기 위해, 다른 친구와 함께 동기
가 아르바이트하는 곳으로 식사를 하러 갔다. 그곳은 하얀 바탕에
모던한 느낌으로 인테리어가 되어 있는 이탈리안 레스토랑이었다.
파스타보다는 리조또가 유명한 곳이었지만, 오랜만에 밥이 아닌 면
을 포크로 말아보고 싶은 욕구가 마구 생겨났다.

저녁 시간이 한창이라서 그런지 그 안은 꽤나 바빠 보였고, 아르바
이트하고 있는 동기와 인사도 짧게 하고 지나쳤다. 그래서인지 주
방에 있는 요리사가 직접 나와서 서빙까지 하는 모습이 보였다.

우리 테이블 위에도 다른 아르바이트생이 아닌 하얀 와이셔츠에
와인색의 앞치마를 매고 있는 요리사 분이 양손에 주문한 피자와

파스타를 하나씩 들고 다가왔다.

"여기, 쉬림프 로제 파스타와 부라타치즈 피자 드릴게요."

그는 맛있게 드시라는 말과 함께 짧은 인사를 하고 다시 주방으로 돌아갔다. 함께 갔던 친구가 말했다.

"여기 엄청 바쁘네."

"그러게."

"손님도 다 여자들뿐이야."

"그러네."

서빙하고 있는 홀 아르바이트생이나 홀 매니저 전부 여자인 데다 손님들까지도 온통 여자들뿐이었다. 마치 주방 빼곤 여자들만 있는 세상 같았다.

말로만 듣던 그를 보고 있으니 왠지 반갑기도 하면서 급호감이 생겼다. 내 마음을 읽은 건지 아니면 똑같이 느낀 건지, 같이 온 친구는 나에게 이렇게 말했다.

"근데 방금 서빙해주신 분, 꽤 분위기 있던데. 그렇지 않냐? 잘 생긴 것도 같고."

"거기까진 모르겠는데, 인상은 좋더라."

나는 포크를 빙빙 돌리면서 주방이 있는 홀 쪽으로 가끔 시선이 향했고, 그럴 때마다 동기와 이야기를 나누던 그의 모습이 보였다. 동기가 내 쪽을 가리키는 게, 뭔가 우리 이야기를 하는 건지, 내 쪽을 바라보는 그와 아주 잠깐 눈을 마주치기도 했다. 그가 고개를 까딱하면서 인사하길래 나도 살짝 고개를 숙였다.

그렇게 그를 멀리서 살펴보았다. 솔직히 말해서 꽤나, 아니 아주 마음에 들었다. 일전에 학점 신경 쓴다고 소개받는 걸 거절한 게 후회될 정도로. 나는 그날 아르바이트를 마치고 돌아온 동기에게 다시 그를 소개해달라고 부탁했다.

그렇게 우리 둘은 동기의 주선으로 만나게 되었다. 대학생인 나와 직장인이었던 그와의 만남은 어려울 것 같았지만, 마냥 한가하게 있을 수 없던 나로서는 오히려 부담스럽지 않아서 더 좋았다.

그에게서 놀란 점이 있다면, 꽤나 동안이었던 탓에 생각했던 것보다 나이가 들었다는 점이었다. 더불어 하나 더 놀랐던 점은 그의 첫 연애 상대가 나라는 점이었는데, 그 사실은 몇 주를 더 만나고 나서야 알게 되었다.

그는 내가 한 번에 마음이 사로잡힐 만큼 인상이 좋은 편이었다. 게다가 웃는 얼굴이었다. 반대로 일하는 곳에서는 많이 까칠한 편이었다. 그럼에도 불구하고 다른 사람들이 그를 싫어하지 않고 오히려 그를 인정하는 관계였던 이유는, 결코 그의 인상이나 겉모습 때문이 아니었다.

직장 내에서 제일 경력이 많은데도, 앞에 나서서 이끌기보다는 오히려 보조가 할 일을 대부분 맡아주며 다른 직원들을 서포트해주는 편이었다. 다른 직원이 실수를 해도 그가 케어를 해주고 홀 내 직원의 실수가 생기면 직접 손님에게 일일이 서비스를 하기도 했다. 주방은 물론 홀의 일까지 도움을 주고 있었다.

나는 왜 그러냐고 묻기도 했다.

"그게 편해. 최고 책임자가 죄송하다고 말씀드리면, 직원에게까지 더 이상 뭐라 하지 않으니까."

"오빠, 웃는 얼굴에 침 못 뱉는다는 말이 있긴 하지만, 그래도 막 그렇게 실없게 웃으면 또 안 돼?"

"그래 알겠어."

하지만 그런 좋은 점을 본인은 '호구상'이라고 말하기도 했다.

어느 날은 번화가로 나가서 그를 만나기도 했는데, 그 번화가에는 횡단보도가 없었다. 찻길을 하나 두고 그는 저쪽에서 나는 이쪽에서 전화 통화를 하고 서로를 바라보며 횡단보도가 있는 쪽까지 이야기하면서 걷기로 했다.

그 와중에 그는 정말로, 누군가에게 옷깃을 잡히는 경우가 네 번이나 있었다. 나와 전화 통화하면서 걸어가는 그 사이에만.

그 사람들은 대학교 동아리에서 설문조사에 참가해 달라고 붙잡았다고 하는데, 그는 그렇게 길에서 자주 붙잡히는 편이었다. 내 눈에도 그는 그 정도로 순하고 좋은 사람이었다.

하지만 그를 만나면서 제일 불안한 게 하나가 있었다. 그건 상상 이상으로 여자의 마음을 뒤흔들 수 있는 타이밍을 너무나도 잘 알고 있다는 것이었다. 그래서인지 다른 사람들에게서 자신이 그 사람을 좋아하고 있다고, 착각하게 만들었던 경우도 몇 번 있었다는 것을 듣기도 했다.

그런 점을 알게 되니, 과연 그의 과거에는 몇 명의 여자가 지나쳐갔을지 궁금해지기도 했다.

하지만 또 아이러니한 게 나와의 스킨십이 계속될 때마다 생각보다 더 부끄러워하는 경우를 자주 보곤 했는데, 그렇게 느낄 때마다 나는 이런 질문을 했다.

"오빠, 나 말고 연애해본 적은 언제였어?"

"글쎄 기억이 안 나네. 꽤나 오래됐는데."

"그게 언제인데?"

"그냥, 뭐. 진짜 오래됐어. 잘 기억 안 나."

그렇게 넘기려고 하는 듯한 그의 모습에 나는 더 집요해졌다.

"기억 안 날 리가 없잖아. 왜 말해주기 싫어서 그래?"

"아니. 그런 게 아니라."

당황하기보다는 머쓱해 하던 그는 조금 곤란한 듯한 표정으로 이렇게 말했다.

"그때 그것도 연애라고 한다면 모르겠지만, 나는 제대로 된 연애를 해본 적이 없어. 진짜 나도, 너도 서로를 좋아한다고 느끼는 건 지금이 처음이야."

꽤나 늦은 나이에 시작한 그의 첫 연애. 게다가 진짜로 누군가를 좋아한 게 내가 처음. 뭔가 기쁘면서도, 이 상황을 좋아해야 하는 건지 아니면 안 좋아해야 하는 건지, 뭔가 신기함이 섞인 듯한 묘한 기분을 느꼈다.

"지금 나 기분 맞춰주려고 거짓말하는 거지?"

나는 그렇게 말했다. 그리고 그는 말했다.

"보이는 대로 느끼는 대로 생각해. 나는 너한테 거짓말하고 싶은 생각 자체가 없었으니까."

믿고 말고 할 것도 없었다. 무엇보다 내가 처음이든 아니든 그 문제가 그렇게 중요한 것도 아니다. 그래도 한 번 생긴 궁금증은 왜 그리 쉽게 안 지워지는지, 좋아하는 사람에 관한 문제라서 그런 것인지, 왜 그는 그동안 여자 친구 한번, 제대로 된 연애 한번 하지 못한 걸까 하는 궁금증이 머릿속에서 떠나가지 않았다.

하지만 그 이야기를 계속 하면 싫어할 것 같아서 그냥 궁금했던 것 중 하나로만 남겨두기로 했다.

그런데 기대하지도 않았던 타이밍에, 그의 이야기를 술 취한 그의 친구로부터 우연찮게 듣게 되었다.

"이놈, 예전에. 진짜 어릴 때, 초등학생 땐가 어떤 여자애를 막 때린 적 있었거든요."

그는 취했는지 말이 딱딱 끊기듯이 말했다.

"아…."

그는 친구를 한 번 바라봤지만, 딱히 별다른 눈치나 말은 하지 않았다. 그 사이에서 더 이야기해달라고 말할 수는 없었지만, 그의 친구는 술에 취할 만큼 취한 건지 알아서 다 말해버렸다.

그에게는 그런 과거가 있었다. 초등학생 시절에 유치하게 이어온 주변 동급생들의 이간질로 인해서 한 여자아이를 때리게 되었고, 그게 부모님들끼리의 다툼은 물론 학교 전체가 시끄러워지는 큰일로 번졌다.

그는 지금까지도 어린 시절 그녀에게 미안해하고 있었다. 그렇게 마음속에 두고 있다 보니 여성 자체에 조심스러워지고 조금 더 눈치를 보고 더 신경도 쓰였다.

그리고 그런 미안함이 속죄해야겠다는 마음으로 이어졌고, 그런 나쁜 행동을 했던 사람이라고 스스로 자책하고 있었기에, 누군가가 자신을 좋아한다고 해도 믿기 어려웠던 것이다.

그런 과거가 있다 보니, '자기 자신이 충분히 다른 사람에게 사랑받을 수 있는 사람이 될 수 있다는 걸 받아들이지 못했던 게 아닐까' 하고 생각하며, 돌아가는 길에 그의 뒷모습을 바라보았다.

"그거 진짜야?"

나는 물었다.

"뭐? 내 친구가 말한 거?"

"응."

그리고 그는 생각보다 뜸 들일 것도 없이 답했다.

"맞아. 그랬었어. 그랬었지."

그런 사실이 사실 충격적이면서도 그다지 받아들이지 못할 것도 아니어서 무덤덤했다. 아직 그를 만난 기간이 그리 긴 것도 아니고, 이제 한 달이 지나가려고 하지만, 충분히 그가 폭력적인 사람이 아니라는 것쯤은 알고 있었다. 오히려 폭력을 싫어하는 사람이라는 것을 느낄 수 있었다.

"그때 양쪽 부모님이 많이 싸우셨어. 괜히 아들 편 들어주신다며 싸우신 것 같아서 죄송한 마음도 많았지."

이렇듯 자기 잘못에 후회하고 반성하는 사람이기 때문에, 내가 반할 수밖에 없었던 웃는 얼굴을 보여줄 수 있었다고 생각했다. 그가 나를 택시에 태워줄 때 마주쳤던 눈이 계속 생각났다. 뭔가 자신에게 실망한 게 아닐까 하는 그런 걱정스러운 눈빛.

나는 물었다.

"왜 감추려고 하지도 않아?"

그는 대답했다.

"나를 계속 만나면 결국 알게 될 사실이었으니까."

그는 겁쟁이였다. 그의 말대로 그 누구도 만나지 않았기 때문에, 자

왜 나도 충분히

사랑받을 수 있다는 걸

받아들이지 못했을까

신을 이해해줄 사람을 만날 거라는 기대조차도 못했을 것이다.

기말시험이 다가왔다. 의도한 것은 아니었는데, 시험 준비로 그를 만날 수 있는 시간이 줄어들었다. 그날 이후로 이어진 타이밍인 만큼 괜히 불안하기도 했다. 그래도 평소처럼 연락해서 그의 목소리를 들었다.

이번 기말고사는 중간고사와는 달리 주말까지 포함되어 있어서 얼마나 길게 느껴지는지 짜증이 밀려오곤 했다.

그렇게 자연스럽게 그 사람에 대해서 생각하게 될 시간을 계속 갖게 되었다. 내가 괜히 불안함을 느끼는 만큼, 그 사람은 얼마나 더 불안감을 느끼고 있을지 생각하면서.

기나긴 시험이 끝나고, 아직 한창 일하고 있을 그의 레스토랑으로 향했다. 마음 같아선 불쑥 나타나서 깜짝 놀래켜주고 싶었지만, 그의 직장인만큼 가볍게 장난을 칠 수도 없었다.

그냥 그 레스토랑에 들어가서 그에게 인사를 하고 그가 만든 음식을 먹으며 기분을 풀었다. 빨리 그가 퇴근하기를 바랐는데, 사장님이 신경 써주셨는지 평소보타 1시간 일찍 퇴근했다.

그렇게 오랜만에 만나서 함께 길을 걸었다. 한동안 말이 없기에 나는 물었다.

"무슨 생각해?"

사람들 소리 때문에 주변이 시끄러웠지만, 그래도 그는 내 말을 곧

바로 알아들은 모양이었다.

"그냥. 그때 그런 내 이야기를 듣고, 어떻게 생각하나 싶어서."

"어떻게 생각할 게 뭐 있어. 어릴 때 그럴 수도 있는 거지. 예전에 나는 말야, 용돈 챙기려고 엄마 주머니에서 몰래 얼마씩 빼낸 적도 있는데."

그 말에 그는 살며시 웃으며 말했다.

"흐핫. 그래."

"나는 그냥. 그저 보고 싶었어."

"나도. 정말로."

그렇게 우리는 다시 데이트를 이어갔다. 그는 내 손에 이끌려 화장품 가게에도 들르고, 오랜만에 카페에서 수다를 떨기도 했고, 영화관에 들러 상영 중인 영화들을 살펴보기도 했다.

그런데 어쩐 일인지 그 와중에 그는 내가 바라는, 좋아하는 얼굴을 한 번도 보여주지 않았다. 뭔가 마음에 걸리는 게 있냐는 나의 질문에 그는 그렇게 말했다.

"나에 대한 자신이… 없어."

어눌한 그의 어감에 조금씩 감정이 스며드는 것 같았다. 마치 이별을 예고하는 것 같은 그런 불안감처럼.

"그동안 누군가에게 사랑을 표현해본 적이 없어서. 미안한 일을 계속 만들까 봐 걱정되기도 해."

"나는 오히려 그래서 좋아."

"혹여나. 그런 실수를 또 하지는 않을까….."

"괜찮아. 나 그런 걱정 안 해."

그는 마치, 아직도 아물지 않았던 상처가 계속 아프다 보니, 고통에 익숙해진 사람처럼 보였다.

첫 연애가 늦은 게 뭐 어떻다고. 처음부터 신경 쓰지도 않았고, 오히려 내가 처음이라는 게 더 좋다.

"그렇게 버티고 버텼으니까. 나랑 이렇게 만났잖아."

오글거리는 말을 왜 그렇게 담담하게 할 수 있었는지는 나도 잘 모르겠다. 나는 그를 부서질 정도로 꽉 끌어안아주었다.

"괜찮아."

그 순간만큼은 내가 연상이 된 것 같은, 어린아이를 달래는 듯한 그런 느낌이 들었다.

사랑하는 사람에게는
아무리 잘해줘도 부족하다

어린 시절 할머니와 오랜 시간을 함께 보냈다. 부모님은 타지에 계셨고, 꼬박꼬박 보내주는 생활비로 버티는 하루하루가 나의 중학생일상이었다. 동생은 너무 어렸고, 할머니 또한 몸이 좋지 않아서 마당 밖을 나가는 일이 별로 없으셨다.

그래도 별의별 일은 다 있었다. 별 일 아닌데도 서러워서 울기도 하고, 철없던 시기인 만큼 생활비로 장난감을 산 적도 있었다.

가정 형편이 어렵기는 했지만, 여느 집과 다름없이 화나거나 즐겁

거나 슬프거나 한 일들이 있었다. 그건 결국 감정을 나눌 수 있는 가족이 있기에 가능했다.

그때만 해도 할머니가 아파서 병원에 가실 일이 생길 거라고는 상상할 수 없었다. 내가 고등학생일 무렵이었다. 다들 일하러 가거나 학교에 간 후에, 혼자 계셨던 할머니는 집 안에서 그만 미끄러져 넘어진 적이 있었다.

이웃 사람들이 가끔 할머니와 이야기를 나누곤 했지만, 집 안에서 일어난 일인만큼 아버지가 집으로 돌아올 때까지 아무도 할머니를 발견하지 못했다. 그 사고 이후로 할머니는 후유증을 앓고 계셨다. 혼자 무리하다가 그런 일이 또 생길까 하는 걱정에, 우리 가족은 의논 끝에 할머니를 보살펴줄 요양사를 고용하기로 하셨다.

그렇게 우리 집에 오게 된 요양사 분은 다른 친척 분들도 만족할 만큼 친절하고 웃음이 많은 사람이었다. 그 요양사 분이 오래오래 할머니 곁에 있어주면 좋겠다고 생각했다.

요양사 분이 계신다고 하더라도, 하루 종일 24시간 할머니 곁에 있을 수는 없었다. 할머니는 손주나 자식들에게 화장실에 데려가 달라는 말을 하기 부끄러워하셨던 것 같다.

그래서 늘 집에 오시는 요양사 분에게 부탁하셨는데, 마침 그날은 요양사 분이 개인 사정으로 오지 못하셨다. 할머니는 다음 날까지 용변을 참으려고 하셨는지 결국 바지에 실수를 하고야 말았다.

그 모습을 동생이 발견했는데, 동생은 어쩔 줄 몰라 했고, 뒤늦게 퇴근한 아버지가 그 모습을 발견하고, 할머니를 보살펴드렸다.

아버지는 그때 할머니의 모습을 이렇게 느꼈다고 했다. 자괴감에 빠진 듯한 모습이셨다고.

아버지는 할머니에게 말했다.

"엄마, 괜찮아. 신경 쓸 필요 없어. 그럴 수도 있으니까."

아버지는 할머니를 위로했지만, 할머니는 많이 괴로워하셨던 것 같다. 그 이후 고등학생인 동생이 소변 뒤처리를 하려는 모습을 본 아버지는 할머니를 요양병원에 맡기기로 결심하셨다.

할머니와 같이 사는 게 싫어서가 아니었다. 이전의 경우에도, 우리가 할머니를 제대로 보살펴드리지 못해서 다치셨다는 생각이 제일 먼저 앞섰다. 그렇기에 오히려 전문적인 관리를 받을 수 있는 곳이 필요하다는 생각이 들었다.

그렇게 우리는 할머니를 부산의 어느 요양병원으로 모셨다. 안타깝게도 뒤늦게 깨달은 사실이었지만, 할머니를 친절하게 보살펴주셨던 요양사와 요양병원을 너무 믿은 건, 우리 가족의 큰 오산이었다.

부산의 어느 한 요양병원. 자주는 아니더라도 할머니를 가끔은 보러 갔고, 아버지는 이틀에 한 번은 보러 가셨다. 그때마다 할머니는 아버지에게 이런 말을 하셨다.

"집에 가면 안 돼?"

아버지의 마음은 바짝바짝 타들어 갔을 것이다. 할머니는 가족을 위해 평생 희생하신 분이셨고, 지금도 다름없었다. 그래서 왜 요양병원에 맡겨졌는지도 스스로도 잘 알고 계셨다. 하지만 그럼에도 불구하고 할머니는 계속 집에 가고 싶다고 말씀하셨다.

"집에 가면 안 되냐?"

그건 어쩌, 다시는 실수하지 않을 테니, 다시는 힘들게 하지 않을 테니, 집으로 데려가 달라는 말로 들리기도 했다. 할머니에게 혹시 무슨 일이 있었던 걸까?

이전에 집으로 오셨던 요양사 분은 이미 계약 기간이 끝났는데도, 할머니를 자주 찾아와주셨다. 집으로 찾아오셨을 때도, 할머니에게 "엄마"라고 부르며 잘해주셨는데, 이렇게 또 병원까지 찾아와주시니 진심으로 고마웠다.

이전에는 돈을 받고 일하시기에 잘 하시는 거라고 생각했지만, 이렇게 이후까지 할머니를 찾아오시는 것을 보면서, 책임감 있고 훌륭한 요양사는 정말 아무나 할 수 있는 게 아니구나 하고 생각했다. 요양병원에는 병실마다 할머니들을 챙겨드리는 요양사 분들이 계셨는데, 그분들 또한 잘해주실 거라는 생각을 의심치 않았다.

하지만 어느 날, 할머니를 찾아온 아버지가 본 광경은 놀라움을 금치 못했다. 할머니를 만나러 온 아버지가 병실에 앉아 있는데, 한 요양사가 다른 할머니들에게 짜증내는 모습을 목격하셨다. 아버지가 그 병실 안에 있는 것을 뻔히 알면서도 말이다. 아버지의 말로는 그러했다.

"그 병실 안에 계신 할머니들이 저녁 식사를 많이 하면, 요양사가 많이 먹는다고 뭐라 하더라. 체중이 늘면 그만큼 할머니를 옮기는 자신이 힘들다고."

농담이겠지 하고 생각할 수도 있겠지만, 사실 농담으로도 하면 안 되는 말이다. 그 안에 있는 어르신들은 가족들이 싫어서 요양병원 에 있는 게 아니다.

아버지가, 아니 병실 안에 할머니 보호자가 보고 있는데도 다른 할 머니들에게 그런 말을 한다면, 보호자가 없을 때는 더할 것이고, 우 리 할머니에게도 그런 말을 했을 것이다. 오히려 더 심한 말을 했을 지도 모른다. 그건 여러 상황 중 하나일 뿐이었다.

"집에 가면 안 되나?"

나는 할머니의 그 말이 계속 떠올랐다. 어쩌면 할머니는 그런 취급 을 당하고 있었고, 견딜 수 없었기에 집으로 돌아가고 싶다는 말을 했던 게 아니었을까. 집으로 돌아오셔도 많은 시간 혼자 계셔야 하 고, 가족들이 걱정할 걸 알면서도.

할머니는 모욕적인 취급을 받으면서 혼자 쓸쓸하게 버티고 계셨던 것이다. 그래서 우리를 더 기다리셨던 것이다.

할머니에게 미안함 마음으로 가득 차 올랐다. 정말 잘해드리고 싶었고, 편안하게 모시고 싶었는데. 노력한다고 했지만, 만족스럽지 않았다. 결국 요양병원을 믿을 수 없다고 판단했다.

막내 고모가 할머니를 집 근처 병원에 입원시키고, 근무시간 이후에 오셔서 할머니를 직접 보살펴주기로 하셨다.

그렇게 할머니는 딸의 곁으로 가셨다. 이후로도 약 3년간 병원에서, 매번 가족들이 찾아오길 기다리셨다. 점점 가족들조차 잊어버리는 병을 갖고.

그리고 3월의 어느 날. 따뜻한 계절에 할머니는 우리들 곁을 떠나셨다. 누구도 할머니에게 최선을 다했다고 말하지 않았다. 모두가 조금 더 할머니에게 잘할 걸 하면서 후회했다.

나는 '살아계실 때 효도하고 잘하라'는 말을 별로 좋아하지 않는다. 분명 좋아하는 사람일수록 더 잘할 것이고, 받은 애정만큼 돌려주며 사랑할 것이다. 그건 당연한 거니까.

이미 할머니에게 충분히 잘했다고 생각했어야 했다. 그렇지 않으면 언제까지나 후회만 남을 것 같았다. 좀 더 잘할 걸 하며.

할머니가 다음 생에는 이번 생보다 더 많은 축복과 사랑받으시길 바라면서, 우리들이 열심히 살아가는 모습을 보여드려야 한다.

그렇지 않으면 계속 후회하거나 아쉬워하면서 그리워할 뿐이다. 그런 생각의 연속일 것이다. 사랑하는 사람에게는 아무리 잘해준다고 한들, 늘 모자라다고 느끼게 마련이니까.

내가 좋아하는 사람도 나를 좋아했으면

초판 1쇄 인쇄 2019년 12월 5일
초판 1쇄 발행 2019년 12월 12일

지은이 우연양
그린이 유지별이
펴낸이 장선희

펴낸곳 서사원
등록 제2018-000296호

주소 서울시 마포구 월드컵북로400 문화콘텐츠센터 5층 22호
전화 02-898-8778
팩스 02-6008-1673
전자우편 seosawon@naver.com
블로그 blog.naver.com/seosawon
페이스북 @seosawon **인스타그램** @seosawon

홍보총괄 이영철 **마케팅** 이정태 **디자인** 김이지

ⓒ 우연양 · 유지별이, 2019

ISBN 979-11-90179-12-6 03810